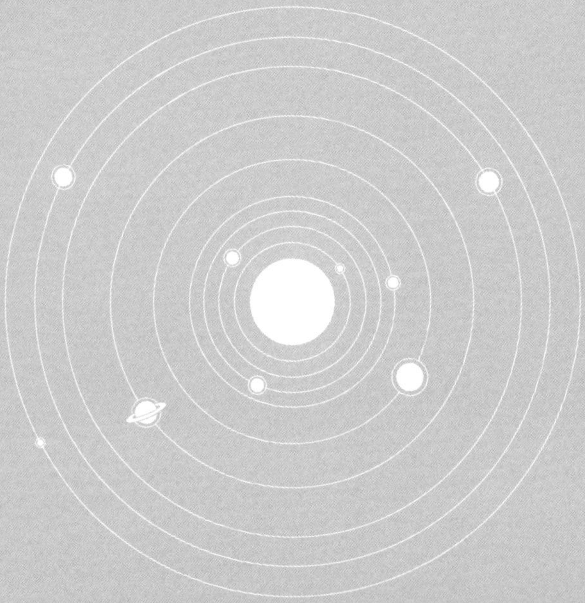

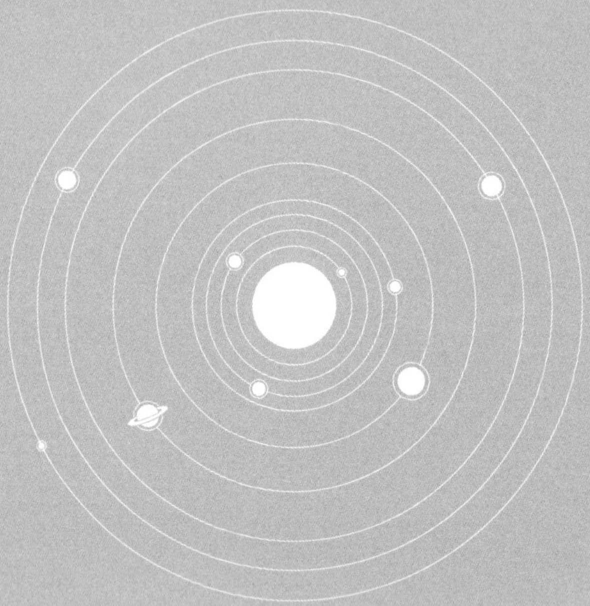

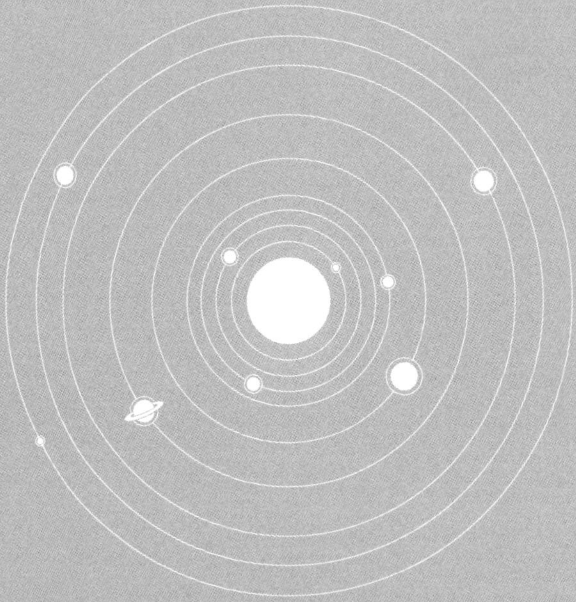

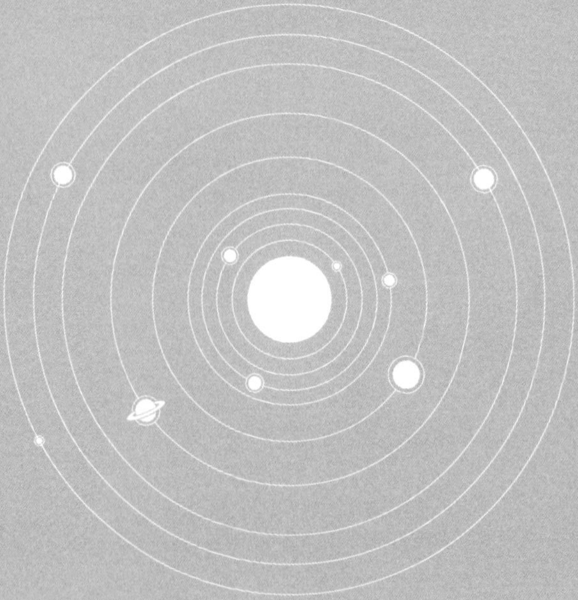

林一平——著

行星組曲

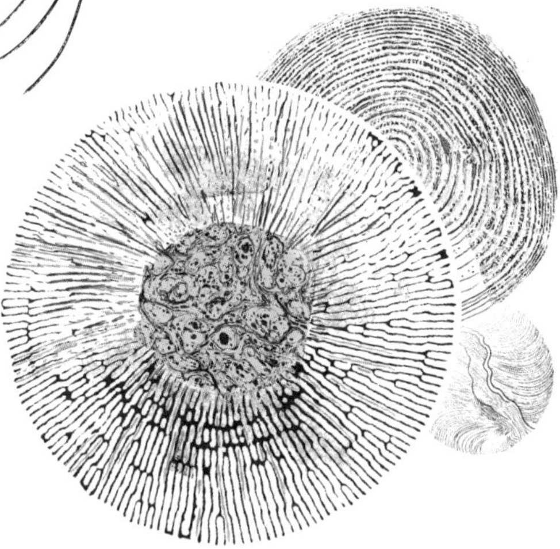

目錄

卷一 行星組曲

卷二

指揮的重要

卷三 科技預測

前言

《行星組曲》出版之前，已經在數個網路書店平台，看到九歌出版社針對本書寫的文案介紹，當中不少謬讚之處，令我汗顏。文案提到：「（本書）……描摹他（林一平）因工作契機而接觸到的珍稀藝術品，以及其背後的人文故事。」其實並不是我有特權接觸到「珍稀藝術品」，泰半是一般人只要買門票，都可以在博物館或美術館看到的事物。我只是花心思，聯想這些事物引申的含意。《紅樓夢》第五回描寫一幅對聯：「世事洞明皆學問，人情練達即文章。」賈寶玉對於「科舉求官」相當排斥，因此厭惡此對聯。若不由「科舉求官」的角度，而是想提升自我的思考層次，這幅對聯則是至理名言。若能「世事洞明」，則身旁信手捻來的事物都能變成珍稀藝術品，成爲學問。

我於二〇一八年開始執行經濟部及教育部的大型計畫，包括移動通信（Mobile Telecommunications）、物聯網（Internet of Things）以及智慧城市相關的應用技術。在研究過程，深深感受到我自己、部分研究員以及學生在工程訓練的限制下，發展的應用往往將簡單的事情複雜化，無法符合使用者經驗（User Experience），讓人難以使用。關鍵在於缺乏人文的想像。於是乎，我極力將計畫發展的物聯網應用賦予人文歷史的意涵，期望能更符合使用者經驗。例如我們在板橋中華電信學院設置的智慧農場稱為「羅丹農場」，和周圍環境的藝術雕塑結合。而在台南的智慧農場則稱爲「簡吉農場」，和日治時代簡吉成立「農民組合」的歷史結合。

我寫雜文時有感而發，產生了出版社文案觀察到的：「……他融合計算機專業和文學筆觸……」文案最後說：「林一平用淺顯易懂的文字，信步穿梭在科技與藝術，讓美學不再深奧難解，人人得以聆賞和禮讚藝術，思索生命與眞理。」希望這句話成眞，至少能影響我自己，以及計畫中的研究員和學生，逐漸轉變其思考方式，能更人性化。

書中的每一篇文章是已在報章雜誌刊登過的雜文，而集結成本書時，承蒙九歌出版社編輯有系統地將這些雜文組織編排，頗有畫龍點睛之效。我的文筆不佳，文章寫得不好，但很努力地畫了許多人物肖像插畫，希望能彌補文筆的不足。我這種業餘畫技產生的畫像可能不像本尊，但我卑微地希望，其神情能多少顯示文章描述的情境。

卷一

行星組曲

行星組曲

All truths are easy to understand once they are discovered; the point is to discover them.

——伽利略（Galileo Galilei）

太陽系的行星幾乎都以羅馬神祇命名，但可找到其希臘神話的對應。例如水星是羅馬神話中的墨丘利（Mercury），對應到希臘神話中的荷米斯（Hermes），金星維納斯（Venus）是阿芙蘿黛蒂（Aphrodite），火星馬爾斯（Mars）是阿瑞斯（Ares），木星朱彼特（Jupiter）是宙斯（Zeus），而海王星尼普頓（Neptune）是波賽頓（Poseidon）。土星以羅馬神話中的沙頓（Saturn）命名，對應到希臘神話的克洛諾斯（Cronos），乃是宙斯的爸爸。我於二〇一四年訪問羅浮宮，在巴黎羅浮宮的黎塞留館比傑中庭（Cour Puget）看到生動的沙頓大理石雕像

Saturn Abducting Cybele，海神波賽頓雕像*Statue of Poseidon Creating the Horse*以及墨丘利，並素描了墨丘利（圖一）。

天王星（**Uranus**）係天空之神烏拉諾斯，是克洛諾斯的老爸，宙斯的祖父。這一脈相傳的祖孫卻是父不慈，子不孝。烏拉諾斯性喜虐待自己小孩，他的老婆蓋雅（**Gaia**）受不了老公的行爲，製作了一把巨大的石頭鐮刀，要她的小兒子克洛諾斯將她老公的陽具割下來。克洛諾斯遵從母命，果然將老爸閹割了。烏拉諾斯的那話兒掉到海中，化成泡沫，變成金星阿芙蘿黛蒂（維納斯），爲後世提供許多維納斯的藝術題材。例如著名的《米羅的維納斯》，訪問羅浮宮時，我也素描這座雕像（圖二）。

圖一：墨丘利

圖二：《米羅的維納斯》

話說克洛諾斯接收父親的權勢，娶了自己姊妹瑞亞（Rhea），統治世界，但怕重蹈父親的覆轍，被自己小孩背叛，因此把生下來的兒子吃掉。瑞亞想辦法挽回了兒子宙斯的生命。而宙斯則反撲，推翻老爸克洛諾斯，接掌世界，封其母瑞亞爲奧林帕斯主神的母親。

上述希臘神祇讓我聯想到現代占星術之父里奧（Alan Leo, 1860-1917）的著作《綜合的藝術》（*The Art of Synthesis*）。該書敘述行星的占星意義，承襲了希臘羅馬神話。這本書將湛藍的水星比喻爲帶翼信使（the Winged Messenger），正是希臘神話中敘述荷米斯的形象。水星（圖三a）的公轉速度遠遠超過太陽系的其他星球，其匆遽的運動不就像是飛行的帶翼信使神？因此希臘文學家稱水星爲荷米斯。水星的天文符號是荷米斯插有雙翅的神杖「☿」。根據占星學的說法，水星是處女座（Virgo）及雙子座（Gemini）的守護神。《夢溪筆談》稱水星爲辰星。「一辰」代表三十度，從地球觀察水星，彷彿在太陽周圍擺動，離太陽不超過一辰，故名之。

澄黃的金星被里奧喻爲和平的使者（the Bringer of Peace，圖三b）。美神維納斯執掌愛情及美麗，以愛與美帶來和平，被稱爲和平使者是很恰當的。希臘天文學家很早就稱金星爲阿芙蘿黛蒂，其天文符號是維納斯的梳妝鏡「♀」，因爲它在夜空中如明鏡反射，光彩奪目，是全天最亮的星，亮度僅次於月球。因此中國古代稱金星爲「太白」。金星也稱爲「啓明」或「長庚」。《小雅・大東》：「東有啓明，西有長庚。」因爲金星在黎明時見於東方叫啓明，黃昏時見於西方叫長庚。金星是金牛座（Taurus）和天秤座（Libra）的守護神。

火紅的火星被里奧喻爲戰爭使者（the Bringer of War，圖三c），而阿瑞斯是希臘戰神。中國古代觀察火星，發現其位置及亮度變異不定，稱之爲「熒惑」。「熒惑守心」是火星留守在心宿（天蠍座）的罕見天象，被認爲最不祥，代表皇帝駕崩，或是宰相下台。最近一次「熒惑守心」發生於二〇一六年，台灣正好總統大選，皇帝和宰相都換人。戰爭乃不祥之事，西方的戰神星與中國的熒惑星有相同含意。火星的天文符號是馬爾斯的盾牌和長矛「♂」，是白羊座（Aries）的守護神。

褐、黃、白相間條紋的木星被里奧喻爲歡樂的使者（the Bringer of Jollity，圖三d），宙斯身爲希臘眾神之王，不知和多少美麗女神有外遇，自然歡樂。木星的天文符號是風格化的閃電符號「♃」，代表宙斯的權杖。木星是射手座（Sagittarius）的守護神。道教將木星擬人化成爲福星，和歡樂使者的說法不謀而合。中國古代也將木星稱爲「歲星」，因其運行一週天（公轉週期）約十二年，可以用來紀年。然而每八十六年就會差一個辰（一年），稱爲「歲星超辰」。爲了避免誤差，戰國時代的天文學家們設計了一個從歲星轉化來的虛擬星體，稱爲「太歲」，並規定太歲與木星逆向運行，每年行走一辰，十二年剛好繞天一圈。明代《三命通

會》認爲，與太歲相順則吉，相逆則凶。於是乎，當太歲運行到某個生肖的位置，屬該生肖者爲了避免犯太歲，於當年祭拜太歲神，是爲「安太歲」。今日我們一直在談虛實系統（Cyber Physical System），其實「歲星」及「太歲」就是我們老祖先智慧產生的虛實系統。

褐黃的土星被里奧喻爲年老的使者（the Bringer of Old Age，圖三e）。雖然克洛諾斯鐮刀的功能是用來砍他的爸爸，鐮刀也象徵農業收割。最後的收割，暗示完結之時。所謂收割，也包括靈魂，大限到時，土星就來收割靈魂。換言之，土星也代表年老死亡，生命完結，因此里奧的占星術將之視爲年老的使者。土星有美麗的行星環，首先被伽利略（圖四）在一六一○年以自製的望遠鏡觀察到。他當時並沒有意識到這是一個環，而是將之描述成土星的「耳朵」。一六一二年，土星環的側面朝向地球，望遠鏡觀測不到，好像消失不見，伽利略感到困惑不解，說：「是土星（克洛諾斯）吞掉了它的孩子？」《史記・天官書》曰：「鎮星在東壁」。中國古代認爲土星運行一週天爲二十八年，與二十八宿吻合，即一年坐鎮一宿，所以叫鎮星。其實土星的公轉週期爲二九・四六年。土星的天文符號是克洛諾斯的鐮刀「♄」，是摩羯座（Capricorn）的守護神。

圖四：伽利略

（Galileo Galilei,1564-1642）

《穀梁傳序》疏中道：「日月五星都光照天下，所以稱之爲七曜。」五星指目視可見的金木水火土五顆行星。古代巴比倫以七曜紀日，順序爲日曜、月曜、火曜、水曜、木曜、金曜和土曜，周而復始，亦稱爲星期。八世紀時，摩尼教徒從中亞將七曜紀日法傳入中國。二〇一五年十月我的生日前後可見天文奇景，是爲「五星連線」，包括明亮的金星，在它的下方就是木星，旁邊是火星，再往下的低空中，是水星。連線的第五顆星不是土星，而是金星上方的「軒轅十四」（Regulus）。行星連線（Planetary Alignment or Syzygy）被認爲具有神祕力量，會影響地球潮汐。在安潔莉娜・裘莉（Angelina Jolie, b.1975）主演的電影《古墓奇兵》（*Lara Croft:*

Tomb Raider），言之咄咄地敘述太陽系九星連珠的威力，電影更有一幕呈現九星連成一線的畫面。其實行星連線對地球潮汐的影響甚小。而且天文學所謂「連線」（Alignment）亦並非連成一直線，而是可以有「一辰」（三十度）的誤差彈性。一九八二年三月的九大行星運行到太陽一側九十度和一〇四度張角範圍內，可稱爲「九星連珠」或「九星會聚」。這種現象大約每隔一百七十九年出現一次。

天空之神烏拉諾斯掌管禮儀秩序和魔法，因此天王星被里奧喻爲魔術師（the Magician，圖三f）。天王星雖然肉眼可見，但是因亮度較黯淡以及繞行速度緩慢而未被古代的觀測者發現。一七八一年，赫歇爾（Frederick William Herschel, 1738-1822）發現天王星，這是第一顆使用望遠鏡發現的行星。天王星是唯一取名希臘神話而非羅馬神話的行星。天王星的天文學符號是「⛢」，是火星和太陽符號的結合，代表天空之神具有太陽和火星雙重的力量。天王星的占星學符號是發現者赫歇爾姓氏開頭的字母「♅」。天王星是水瓶座（Aquarius）的守護神。

海藍的海王星被里奧喻爲神祕使者（the Mystic，圖三g），發現於一八四六年九月，是唯一利用數學預測而非經過有計畫的觀測搜尋發現的行星。天文學家勒維耶（Urbain Le Verrier, 1811-1877）利用天王星軌道的攝動（Perturbation）推測出海王星的存在以及可能的移動軌跡，與眞正的位置相差不到一度。由於此一貢獻，勒維耶的名字被刻在巴黎的艾菲爾鐵塔上。海王

圖五：克卜勒
（Johannes Kepler,1571-1630）

圖六：牛頓
（Isaac Newton, 164-1727）

圖七：拉普拉斯
（Pierre-Simon marquis de Laplace, 1749-1827）

星的天文符號是波賽頓的三叉戟「♆」，是雙魚座（Pisces）的守護神。

赫歇爾和勒維耶的天文學研究都受到克卜勒（圖五）行星運動定律的影響。巧合的是，克卜勒死於十一月十五日，而赫歇爾在一百零八年後的同一天出生，頗有薪火相傳的意味。十七世紀初，克卜勒提出行星運動三大定律，造成西方天文學的巨大改變。他於一六〇九年在《新天文學》雜誌上發表行星運動的兩條定律，又於一六一八年發現了第三條定律。克卜勒的定律主張地球不斷地移動，行星軌道是橢圓形，其公轉的速度不等恆。這些論點，撼動了當時的天文物理學界。牛頓（圖六）應用他的第二定律和萬有引力定律，在數學上嚴格地證明了克卜勒定律，賦予其物理意義。

一七九六年，拉普拉斯（圖七）發表《宇宙體系論》，將牛頓的萬有引力定律應用到整個太陽系。更早於一七七三年，他解決了當時一個著名的難題，亦即木星軌道爲什麼不斷地收縮，而同時土星的軌道又不斷地膨脹。一七八一年赫歇爾發現天王星時，誤判其爲一顆彗星。一七八三年拉普拉斯證實赫歇爾發現的是一顆行星。拉普拉斯寫了《天體力學》和《宇宙體系論》，在天文學的貢獻卓著，被法國學會推薦爲四十位不朽人物之一。在科學上他有重大貢獻，在政治上他卻表現出見風使舵的性格，無法讓人恭維，就很不値得佩服了。

一九一四年至一九一六年，英國作曲家霍爾斯特（圖八）創作了管弦樂《行星組曲》（*The Planets suite Op*. 32），以七個樂章來詠頌太陽系的七個行星，分別爲〈火星〉（Mars: the Bringer of War, 1914）、〈金星〉（Venus: the Bringer of Peace, 1914）、〈水星〉（Mercury: the Winged Messenger, 1916）、〈木星〉（Jupiter: the Bringer of Jollity, 1914）、〈土星〉（Saturn: the Bringer of Old Age, 1915）、〈天王星〉（Uranus: the Magician, 1915），以及〈海王星〉（Neptune: the Mystic, 1915）。這些樂章的副標題大概起源於里奧的《綜合的藝術》，因此富有星象學的意義，但是此組曲並非標題音樂，將各樂章的副題廣義地解釋，是更恰當的欣賞指引。組曲旋律廣泛採用了英國的民俗音樂與印度東方題材，保有相當的古典色彩，體現了宇宙的遼闊與未知的神祕。

第一樂章〈火星〉的副標題「戰爭使者」代表破壞與毀滅，樂章完成於第一次世界大戰爆發前夕，有人認爲，這段音樂是在預言即將爆發的戰爭。弦樂咄咄逼人的氣氛，被用於電影《星際大戰》（*Star Wars*）中帝國軍隊出現時，表達邪惡不祥的戰爭氛圍。第二樂章〈金星〉的副標題是「和平使者」，是指戰爭之後，人們渴望和平。的確，在第一次世界大戰後有威爾遜倡導的國際聯盟，以及第二次大戰後的聯合國組織。和平的永續，在於彼此透明的溝通，因此第三樂章〈水星〉的副標題是「帶翼信使」。這個樂章完成得最晚，正值一九一六年，也是最多國家投入歐戰之時。霍爾斯特認爲這個樂章也可以是內心的表象。和平之後是歡樂，因此第四樂章〈木星〉的副標題是「歡樂使者」。雖然木星一般的意義是歡樂，但也可以和宗教或國家的慶典聯想，表現歡欣鼓舞之情。第五樂章〈土星〉的副標題「年老的使者」並不單意味著肉體的衰退，有時亦可視爲憧憬成就之情。今日世界的人口老化，發展科技，解決老化問題，得和年老的使者好好打交道。土星的隱喻令人通前徹後，細思平生，有淒涼，也有歡欣，有感慨，卻更多希望。

圖八：霍爾斯特
（Gustav Theodore Holst, 1874-1934）

《行星組曲》是霍爾斯特在人生低潮時的作品。當時他並未因際遇不佳而志氣消沉，妄自菲薄，聰明才智並未灰塞萎縮，因此能完成他唯一重要的傳世之作。他由占星學中獲致啓發，以宏觀的眼光來架構組曲。這部作品並未依照太陽系的排序來敘述行星，而是由青壯到年老，由躁進莽撞到沉穩豁達的寓意來呈現行星排序。完整演奏該作品所需的樂隊編制龐大，因此在音樂會中，往往縮小規模，以選曲演奏居多。一九二一年霍爾斯特接受邀請爲史普林萊斯爵士（Cecil Arthur Spring Rice, 1859 -1918）的詩〈上帝之城〉（Urbs Dei）譜曲。爲了達成使命，霍爾斯特不顧疲憊，也要超時地趕工創作，最後發現擷取第四樂章的曲調正好可配合〈上帝之城〉。於是英國著名的愛國主義讚歌〈我向祖國宣示效忠〉（I Vow To Thee, My Country）完成，曾經在黛安娜王妃的婚禮及葬禮演奏過。這首歌的產生佐證了霍爾斯特的說法，他並不太在乎原組曲〈木星〉的原本標題含意，而是將之延伸到國家的慶典。二〇〇三年日本歌手平原綾香（Ayaka Hirahara, b.1984）演唱吉元由美塡寫日文歌詞的〈木星〉，出乎意料地動人好聽。然而吉元由美並未遵照「歡樂使者」的原始構想，所塡之詞有悽苦之意，例如：「如果能呼喚著自己的話，那麼到哪裡就都無所謂了。你所流下的那些眼淚，是我所珍藏的東西。〈木星〉的旋律音域遼闊，以極低音開頭，後段又極高音，中間則高低參差，並不好唱，不易編成流行歌曲。平原綾香的音域寬廣，既沉低渾圓而又細緻，從一開始輕柔的嗓音，到中後段再轉換唱腔，將〈木星〉的旋律發揮到極致，可圈可點。

太陽系的行星過去被神話、占星術、天文學及音樂以不同形式詮釋，異曲同工之妙，想像力的發揮，不得不令人讚歎。這些行星的不同面相，可不容易連結呢。正如伽利略所說：「All truths are easy to understand once they are discovered; the point is to discover them.」

三女神

That the river is everywhere... and that the present only exists for it, not the shadow of the past nor the shadow of the future.

——赫塞（Hermann Hesse）

在神話中提到女神，常常以三爲群組。例如希臘神話的《命運三女神》。北歐也有命運三女神。莎士比亞在其名劇《馬克白》（*Macbeth*）提及，命運三女神（The Weird Sisters）在「可怕的石南叢上」。莎士比亞的命運女神源自於北歐神話中的諾恩三女神（Nornir），傳說是時間巨人諾爾維（Norvi）的女兒，因此這三位女神掌管的工作和時間有關。大女兒烏爾德司掌「過去」，二女兒薇兒丹蒂司掌「現在」，小女兒斯庫爾德司掌「未來」。換言之，這三姊妹是「支配命運的姊妹」（Weird Sisters），掌握了人類以及諸神的命運，主要任務是織造

圖一b：薇兒丹蒂畫像
裱掛在交通大學通識
委員會主委辦公室

圖一a：薇兒丹蒂（Verðandi或Verdandi）

命運之網。Weird是日耳曼語中「命運（Wyrd）」的字源。而Normir則是Norn的複數，由Twine這個字演化而來。Twine是麻線，用來織造命運之網。諾恩三女神的出現，代表諸神的好日子過完了，必須臣服在女神們的命運之網，不再能隨心所欲。

古冰島神話《新埃達》（*Snorri's Edda*）稱烏爾德爲「高貴之人」，薇兒丹蒂被稱作「同樣高貴的人」，斯庫爾德則被稱爲「第三高貴的人」。烏爾德是短髮，薇兒丹蒂是長髮，斯庫爾德則綁著髮辮。在古老的圖畫中，手持天秤的諾恩三女神，是公平與正義的化身。不同於希臘靠近地中

圖二b：斯庫爾德（Skuld）

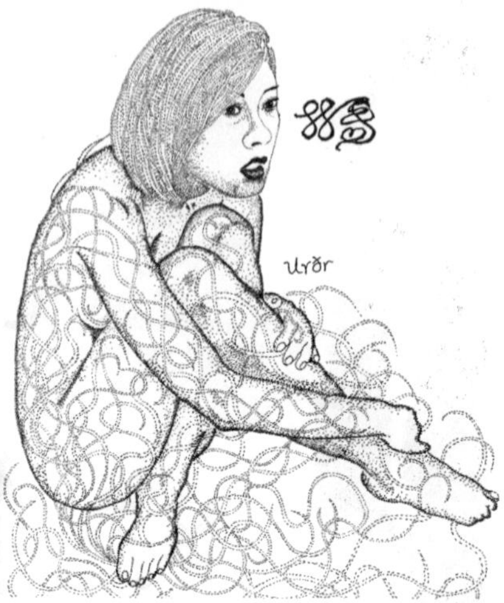

圖二a：烏爾德（Urðr或Wyrd）

海的歡樂，北歐是冰天雪地之處，傾向描述世界的悲觀面。因此北歐神話中的人物都相當刻苦，其神祇會老會死，並不完美。於是乎傳統繪畫中的諾恩三女神皆是一副苦瓜臉，而且衣服顯得破舊，形象陰沉。

我嘗試以另一手法呈現諾恩三女神。我先畫了長髮的薇兒丹蒂，如圖一a所示。薇兒丹蒂可以掌握現在，因此面帶笑容，不斷地編織麻線，很活潑地將麻線纏在身上，進行正在發生的「歷史」。二〇一三年我擔任交通大學通識委員會主委，將薇兒丹蒂畫像裱掛在主委辦公室（圖一b），希望交大的通識課程能引領學生掌握現在。

圖二a是短髮的烏爾德，地上一堆麻線，到處糾結，剪不斷理還亂，代表無法改變的過去，令她張口無奈。圖二b是斯庫爾德。在這張畫，我只爲她留下一束髮辮，將其他的髮辮解開，散在胸前，以免裸露上半身。她靜坐沉思，考慮如何創造未來。

狄更斯（Charles John Huffam Dickens, 1812-1870）受到命運三女神的啓發，在《小氣財神》（*A Christmas Carol*）這本小說塑造出過去、現在，以及未來三精靈。赫塞（圖三a）則在他一九二二年出版的小說《流浪者之歌》（*Siddhartha*）否定了過去、現在以及未來的時間觀念。書中的男主角悉達多（Siddhartha，亦即釋迦牟尼，圖三b）領悟，時間之河，沒有過去，沒有未來，一切皆眞，只有現在。小說寫道：

圖三a：赫塞

（Hermann Hesse, 1877-1962）

They have heard its voice and listened to it, and the river has become holy to them, as it has to me. "Have you also learned that secret from the river; that there is no such thing as time?" That the river is everywhere at the same time, at the source and at the mouth, at the waterfall, at the ferry, at the current,

in the ocean and in the
mountains, everywhere and
that the present only exists for
it, not the shadow of the past
nor the shadow of the future.

我們再回到希臘神話。

希臘神話中除了命運女神外，還有不少以三爲群組的女神，如復仇女神。這些女神面目猙獰，一點都不可愛，因此我不想在此敘述。比較讓人感覺歡愉的是惠美三女神或卡里忒斯（The Graces／Kharites）。這三位女神是光輝女神（阿格萊雅，Aglaia）、歡樂女神（歐佛洛緒涅，Euphrosyne），以及激勵女神（塔利亞，Thalia）。她們最初的形象與其他希臘女神一樣，著白色長裙，但在後世的藝術作品中，她們皆以裸體示人。例如拉斐爾（Raffaello Sanzio da Urbino or Raphael, 1483-1520）的作品*Drei Grazien*、魯本斯（Peter Paul Rubens）的

圖三b：悉達多悟道剃髮像
（拍攝於佛光山佛陀紀念館）

The Three Graces，阿善（Hans von Aachen）的*The Three Gracesr*，以及勒尼奧（Jean-Baptiste Regnault）的*Les Trois Grâces*，他們畫中的三女神都是裸體。在波提且利（Sandro Botticelli）的作品*Frühling*，畫中的三女神身披透明薄紗，裸體清晰可見。他畫的女性十分優雅，但身材的比例卻失真。而魯本斯作品，畫中女神的贅肉則似乎不少。

神話中的惠美女神反映出希臘人所追求的浪漫生活。希臘人認爲宴歡、消費以及放浪的生活都是上天的「恩賜」，因此人際社交關係建立在贈禮（Charistomai）和回饋之上，而這種價值觀則被人格化，以惠美女神的姿態呈現於神話故事中。她們是生命帶給人的歡愉，同時代表遊戲，以及所有非理性的行爲，包括婚外性行爲。然而，她們亦非如脫韁野馬般的放蕩，而是被太陽神阿波羅（圖四）的齊特拉琴（Kithara）控制，以規律的節奏和步伐進行舞蹈，不至於常常脫序。

圖四：太陽神阿波羅（Apollo）

二〇一二年十一月，中央研究院資訊科技創新研究中心主任陳銘憲兄希望我畫幾張畫送給該中心。我苦思數日後決定畫惠美三

圖五b：我畫阿格萊雅的初稿

圖五a：光輝女神阿格萊雅（Aglaia）

女神。前述藝術大師們的畫法，三個女神的同質性甚高，三個人互相擁抱或牽手。我則希望畫出三位不同的女神。圖五是我畫的光輝女神阿格萊雅，在這幅畫我想傳達的意象是少女面向太陽，接受陽光。阿格萊雅吸收陽光後，再將光輝散布給世人。我對光輝女神特別感到親切。我小時候常在台中市政府短牆外玩耍，短牆旁長滿一種常綠灌木，夏、秋季開了黃白色的花朵，花冠很小，氣味淡雅芳香，灌木嫩枝上覆蓋有奇數羽狀複葉，葉有光澤，總葉柄有翼，我們稱這種小喬木爲「樹蘭」，原產於中國。因爲樹蘭是喜光植物，迎向光輝，因此學名爲阿格萊雅（Aglaia odorata

圖六b：我畫塔利亞的初稿

圖六a：激勵女神塔利亞（Thalia）

Lour）。深深烙在我腦海的是樹蘭低矮的樹叢，因此在畫阿格萊雅時，讓她端坐在自己腿上。二〇一二年十二月我到新竹北埔的綠世界生態農場，又和阿格萊雅（樹蘭）相逢，不勝驚喜。

圖六我畫的是激勵女神塔利亞，她面帶睥睨表情，希望能激勵消沉的人們振作。塔利亞也以這種的睥睨眼神面對天后赫拉（天王宙斯的老婆，圖七a），在萊爾頓（Rick Riordan）的小說*The Lost Hero*有一段對話。赫拉不爽塔利亞對她不夠謙卑，警告說：「Ohh, Thalia Grace, when I get out of here, you'll be sorry you were ever born.」塔利亞回嗆赫拉：「Save it! You've been nothing but

圖七b：歡樂女神歐佛洛緒涅（Euphrosyne）

圖七a：天后赫拉（Hera）

a curse to every child of Zeus for ages.」

天后赫拉以仲裁者自居，常要管東管西，看到她老公和小三生的小孩，更是不留情地下手修理。受到赫拉幫助的傑森（Jason），有一次也忍不住提醒赫拉不要濫殺其他的女神：「I hate to tell you this, but I think your leopard just ate a goddess.」

圖七b是歡樂女神歐佛洛緒涅，她的非理性行爲不斷在後世被重複實踐並合理化。例如納粹德國的重要政治頭目，被稱爲有史以來最大的劊子手希姆萊（Heinrich Luitpold Himmler, 1900-1945），養了好幾個小三。爲了將非理性行爲正當化，他創立了「生命之源」

計畫，倡導「強壯的黨衛軍『種牛』應該幫助喜歡生育的德國姑娘，爲『元首』生孩子」，讓他個人及他的黨衛軍手下（Die Waffen Schutzstaffel）合法地和許多女性敦倫。一九三九年，他的黨衛軍被派到波蘭作戰，他藉口擔心優異的黨衛軍戰死，德國會損失菁英，要求貫徹「生殖令」，黨衛軍無論在婚姻內或婚外情（美名爲「第二婚姻」）生小孩，和殲滅敵人一樣重要。希姆萊假愛國之名，行私慾之實。俄國也有類似希姆萊的行爲（雖然理由不同）。俄國史料顯示，一九一七年十月革命後的共產黨曾宣布，十五至二十五歲的婦女必須接受「性公有化」，革命者要行使此權利可向革命機關申請許可證。布爾什維克憑證可以「公有化」十個姑娘。這種「共產共妻」的思想，也呈現出歡樂女神歐佛洛緒涅的非理性精神。

我畫的歐佛洛緒涅，其實表情並不快樂，因爲她的手腳都被蔓藤綑綁住了。我將阿波羅無形的齊特拉琴聲化爲蔓藤，限制歡樂女神做出逾矩的行爲。爲了維持一貫的繪畫風格，我將環繞諾恩三女神的麻線和環繞惠美女神的無形琴聲皆以纖細的蔓藤表現。彌爾頓（圖八）在一六四五年

圖八：彌爾頓（John Milton, 1608-1674）

寫了一首詩〈L'Allegro〉，第一句就提到歐佛洛緒涅：

In Heav'n yclept Euphrosyne,
And by men, heart-easing Mirth,
Whom lovely Venus at a birth
With two sister Graces more
To ivy-crowned Bacchus bore（lines 13-16）

這是一首充滿嬉戲的詩，在十八世紀相當流行，常被其他詩人所模仿。布萊克（William Blake, 1757-1827）還特別爲這首詩繪了插畫，當中歐佛洛緒涅自然是插畫的主要人物。

特洛伊戰爭（Trojan War），也和三位女神扯上關係。這場戰爭是「金蘋果」（Golden Apple）事件所造成。話說天神宙斯撮合了英雄佩琉斯（Peleus）與女神忒提斯（Thetis）的婚事，並爲他們舉行盛大婚宴，但只邀請了較高等級的神祇。結果管轄糾紛的女神厄里斯未被邀請。厄里斯非常不爽，不請自來，一言不發，在宴席上留下一顆黃金蘋果，上面刻著「Kallisti」（獻給最美麗的女神）。在場三位自認爲美豔的女神搶著要這顆蘋果。

三女神是維納斯、雅典娜（Athena），以及赫拉。其實我們依照常識，都知道維納斯該得到這顆金蘋果。雅典娜是女戰神，身材壯碩（或者禮貌上應該說她身材健美），哪能和愛神維納斯的曼妙曲線相比。赫拉是天后，乃宙斯的老婆，徐娘半老，就差得更遠了。但是女戰神和天后要選美，誰敢得罪她們，說她們不漂亮？三女神要求宙斯評判誰可以獲得金蘋果。宙斯能當上天王，自然不是傻瓜，哪會蹚這場渾水，於是相當滑頭地說，這場選美，應該由特洛伊城的凡人王子帕里斯（Paris）當裁判。帕里斯這小子色瞇瞇的，趁機會吃三位女神的豆腐，要她們寬衣解帶，裸體讓他評審。於是乎帕里斯眼睛大吃冰淇淋後，選出維納斯爲最美麗的女神。

赫拉對於落選的結果，雖然不滿意，勉強可以接受。雅典娜則很不高興，興風作浪，導致特洛伊城屠殺毀滅的下場。在特洛伊城攻防戰時，雅典娜和維納斯也大打出手。當諸神和凡人大戰特戰時，厄里斯則是在一旁看好戲。我特別畫了厄里斯，如圖九所示，厄里斯手中拿著引起糾紛的蘋果。由於我只有紅色畫筆，因此畫出紅蘋果，而非金蘋果。我心目中的厄里斯斜眼瞄人，似乎在說：「你們敢瞧不起我，我就略施小技，用手中蘋果，將你們耍得團團轉。」

圖九b：我畫厄里斯的草稿

圖九a：厄里斯（Eris）

伏爾加河的船夫

狗兒，別碰縴夫，（因為）他也是一頭狗！
（Собака, не трогай бурлака-он сам собака!）

——俄國諺語

二〇一六年十二月我到黃博治先生家聚會。聚會時黃先生特別站立，高歌兩曲，以娛賓客。第一首歌是〈伏爾加船夫曲〉。黃先生以俄語唱出伏爾加河（Volga）縴夫們的疲憊與堅毅。縴夫是以體力拉動駁船爲生的人，工作極爲辛苦。〈伏爾加船夫曲〉呈現出俄羅斯民族的堅忍不拔，也影射著在沙皇統治下俄國人民處於水深火熱的困境。俄羅斯有一個諺語：「狗兒，別碰縴夫，（因爲）他也是一頭狗！」可見工作辛苦，過著如狗般的生活。

突厥人稱伏爾加河是歐洲的黃河（Sarı-su），流傳許多悲哀殘酷的故事。讀者們或許看

圖一：列賓的《伏爾加船夫》

過《大敵當前》（*Enemy at the Gates*）這部電影，敘述第二次世界大戰時史達林格勒戰役發生在伏爾加河兩岸，德俄兩軍的殘酷廝殺，百姓的悲慘經歷。即使在沒有戰亂的日子，人民的生活也不好過。閉眼聆聽著黃博治先生專業等級的歌聲，腦中浮現了我在莫斯科特列季亞科夫畫廊（Tretyakov Gallery）看到的一幅畫，這是俄國偉大畫家列賓（Ilya Yafimovich Repin, 1844-1930）於一八七二年畫的《伏爾加船夫》（*Volga Boatmen*，圖一）。二〇一四年十月我到莫斯科和俄羅斯基礎研究基金會RFBR（Russian Foundation for Basic Research）簽署研究合約。RFBR特別安排我去參觀特列季亞科夫畫廊。我很高興這項安排，因爲除了列賓有名的畫作外，特列季亞科夫畫廊也收藏了韋列夏金的印度系列

圖二：特列季亞科夫
（Pavel Mikhaylovich Tretyakov, 1832-1898）

圖三：我素描特列季亞科夫

畫作（Indian Series），是我多年來一直夢想能觀賞的作品，此次終於有機會一償宿願。成立於一八五六年的特列季亞科夫畫廊收藏俄羅斯繪畫作品十三萬件，乃世上最多，創辦人特列季亞科夫（圖二）是十九世紀俄羅斯著名的藝術品收藏家和畫家的贊助人。我參觀畫廊時，順便素描了特列季亞科夫（圖三）。

一八九二年特列季亞科夫將這個畫廊捐獻成爲國家博物館。他收藏許多巡迴展覽畫派（Peredvizhniki; Wanderers or Itinerants）畫家的作品。這些畫家反對當時俄國保守的西方古典主義藝術思想，主張現實主義和民族主義藝術，以通俗易懂的方式表現中產階級和農民的日常生活，列賓的《伏爾加船夫》是被收藏的典型範例。特列季亞科夫也收藏軍事畫家韋列

圖四a：韋列夏金
（Vasily Vereshchagin, 1842-1904）

夏金（圖四a）的一系列畫作，包括印度系列（圖四b），是我特別喜歡的繪畫風格。韋列夏金死於日俄戰爭，沉於旅順港外的海中，令人惋惜。

我在畫廊看到了俄羅斯女攝政索菲亞·阿列克謝耶芙娜（圖五a）以及其異母兄弟彼得大帝（圖五b）畫像。索菲亞是金庸筆下《鹿鼎記》中和韋小寶胡天胡地的羅剎女。

圖五a：索菲亞·阿列克謝耶芙娜
（Sofia Alexeyevna, 1657-1704）

圖四b：印度系列中之畫作

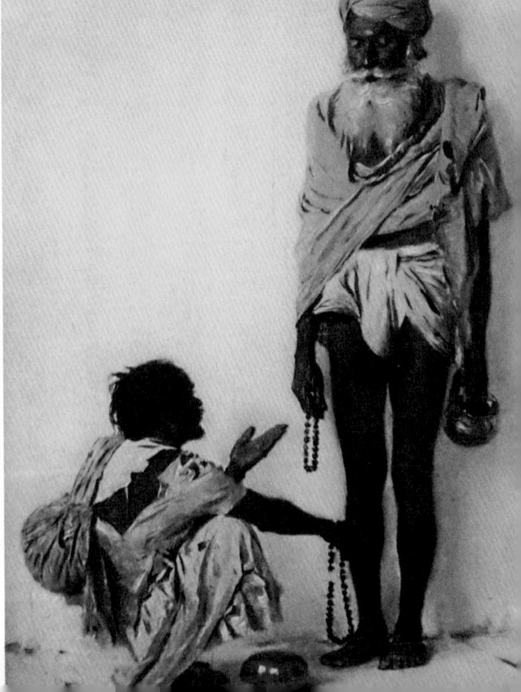

圖五b：彼得大帝
（Peter the Great, 1672-1725）

一六八九年索菲亞被推翻，彼得掌握俄羅斯實權。之後索菲亞被關在新聖女修道院，度過餘生。彼得大帝雄才大略，但也曾遺憾地說：「I have conquered an empire but I have not been able to conquer myself.」彼得大帝到處擴張領土，但在東方卻輸給康熙大帝。

在畫廊可看到瓦斯涅佐夫（Viktor Mikhaylovich Vasnetsov, 1848-1926）的名畫《恐怖伊凡與其子》（圖六a）。恐怖伊凡（Ivan Viskovaty or Ivan the Terrible, 1530-1584，圖六b）在一五三三至一五四七年擔任

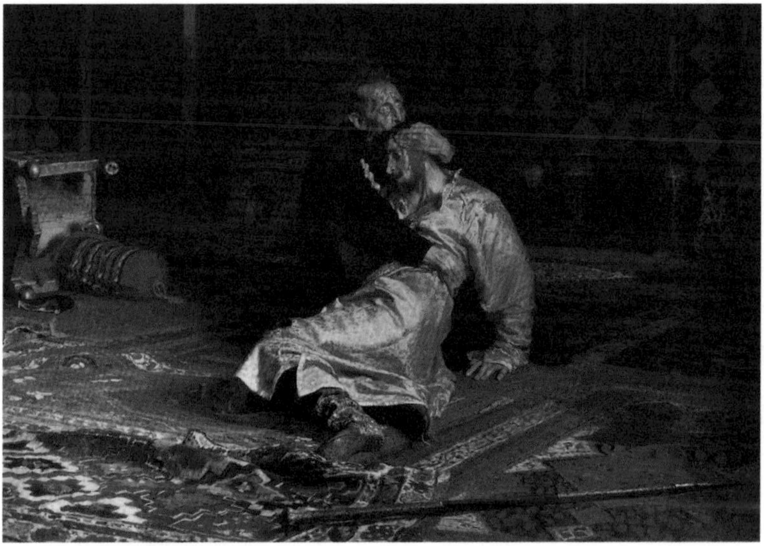

圖六a：《恐怖伊凡與其子》

圖六b：《恐怖伊凡》

莫斯科大公，一五四七至一五八四年成爲俄羅斯歷史上第一位沙皇。「沙皇」（Tsar）是「凱撒」的俄語發音。爲維護統一和中央集權，恐怖伊凡進行軍事改革，壯大俄羅斯，但因手段殘暴，人民害怕。一五八一年他和皇長子（亦名伊凡）爭執，於盛怒中拿鐵棍重擊兒子，沒多久兒子就命喪黃泉。蠢頑皆事後，悲劇卻已造成，從此引發俄國將近一百年的內亂與外患，最後被羅曼諾夫王朝所取代。列賓的作品《恐怖伊凡與其子》描繪恐怖伊凡殺子後悔的情景。即使

圖六c：我模仿畫《恐怖伊凡》

圖六d：我模仿畫《恐怖伊凡與其子》

兒子在死前表示原諒了父親，恐怖伊凡依舊飽受良心的譴責，經常噩夢連連，在半夜不由自主地哭泣。恐怖伊凡若是心實不虛，不疑神疑鬼，也不會導致悲劇，誠可謂：「雷聲空大，祇有虛心人怕。仰既無慚，俯亦不愧，安坐何驚何訝！」

這兩幅被特列季亞科夫畫廊收藏的著名油畫，相當巧合，兩位作者，算是師兄弟，都曾師事克拉姆斯柯依（Ivan Nikolaevich Kramskoi, 1837-1887）。這兩幅畫的重點都在其眼神。《恐怖伊凡》是猜忌的眼神，一副要看穿你心中想法的架勢（圖六c）。有人說，當你移動時，會感覺到畫中伊凡的眼神跟著你移動，好像在監視你，令人不寒而慄。《恐怖伊凡與其子》的眼神是驚慌後悔，你很難想像，殘酷無情的伊凡也會有這種神情（圖六d）。有一部二〇〇七年的電影《伊莉莎白：輝煌年代》（*Elizabeth: The Golden Age*），劇情中的一幕是恐怖伊凡將《恐怖伊凡》這幅畫送給英國的伊莉莎白一世（Elizabeth I, 1533-1603），想娶她爲妻。這個場景看起來相當突兀，因爲電影中故事的時代是一五八五年，而在前一年恐怖伊凡就已經駕鶴西歸啦。還有，《恐怖伊凡》這幅肖像是瓦斯涅佐夫在一八九七年畫的，如何出現在一五八五年？恐怖伊凡想娶伊莉莎白一世，歷史上倒是有根據。他意圖將俄羅斯的勢力延伸至波羅的海，曾寫信給英國女王，信中提議英俄聯盟，甚至想迎娶女王。伊莉莎白一世終身未嫁，號稱「聖潔女王」（The Virgin Queen：童貞代表聖潔）。她統一並治理英格蘭，成爲歐洲最強大富有的國家之一。恐怖伊凡是虔誠東正教徒，曾講過：「我不會讓忠於我的基督皈依者被消滅；只要一息尚存，我會爲維護東正教的信仰而戰鬥到底（I will not see the destruction of the Christian converts who are loyal to me, and to my last breath I will fight for the orthodox faith）。」

圖七a：托爾斯泰
（Leo Tolstoy, 1828-1910）

畫廊有不少描繪托爾斯泰（圖七a）的作品，當中一幅一八八七年他下田耕作的畫作，相當程度顯示托爾斯泰的草根農夫性格（圖

圖七b：耕田的托爾斯泰

七b）。莫斯科有許多托爾斯泰遺跡，例如普利奇斯騰加（Prechistenka）街上座落托爾斯泰博物館（The Leo Tolstoy State Museum），收藏托爾斯泰的信件、著作、手稿、照片以及油畫，我也曾經到過這殿堂朝聖（圖八a）。托爾斯泰宣揚「勿以暴抗惡」原則，在一九○四年撰文反對日俄戰爭，對中國人民在日俄戰爭中的悲慘境遇和屢次遭受基督教民族的剝削表示同情。然而「熱心雖一片，中有萬千思。不到相安處，彷徨無已時」，托爾斯泰的忠告被當成耳邊風。他的寓言故事集《呆子伊凡》告訴讀者，引發人性中的貪婪很容易，只要讓他擁有比他需要的更多。日本和俄

圖八a：托爾斯泰博物館

國貪婪地爭奪鄰國的土地，造成生靈塗炭，是人類的悲劇。托爾斯泰在一九〇八年譴責英國殖民統治，鼓勵印度人以「愛的原則」拯救自己。甘地（圖八b）受到托爾斯泰的感召，於一九〇九年開始與他書信交往，承接其思想之衣缽。身爲大文豪的托爾斯泰，婚姻生活卻相當糟糕。高爾基說他「非常喜歡談論女人，但總是帶著俄國農民的粗野口

圖八b：甘地
（Mohandas Karamchand Gandhi, 1869-1948）

圖九：斯摩陵斯克的聖母像（Icon with the Virgin Hodegetria of Smolensk）

氣……他對女人的態度是一種頑固的敵意。他最喜歡做的事情莫過於懲罰她們。……這是一個男人對沒有得到他應有的幸福而進行的報復。」托爾斯泰對歷史文化有相當影響，曾講過很有意思的一句話：「人人都想改變世界，卻沒有人想到改變自己（Everyone thinks of changing the world, but no one thinks of changing himself）。」

特列季亞科夫畫廊有中古世紀藝術專區，幾乎全是宗教題材。最有名的應該是斯摩陵斯克的聖母像（圖九）。斯摩陵斯克（Smolensk）原屬於立陶宛，十六世紀初期被俄國瓦西里三世（Vasily III）征服。看著斯摩陵斯克聖母像，覺得斯摩陵斯克這個地名很耳熟，忽然想起，科幻大師艾西莫夫

圖十：特列季亞科夫畫廊正門

（Isaac Asimov, 1920-1992）出生於斯摩陵斯克的猶太家庭，以磨坊爲業。他的家族姓氏源於單字「Azimy」，俄語的意思是「冬天磨穀」，字尾飾以曾曾祖父的名字，紀念他的辛勞。根據英文發音，我老是念不好「Asimov」，後來才知道艾西莫夫是俄國人。一九六〇年代他在美國波士頓大學任教時，FBI以「可能是共產黨」爲理由，祕密調查他好幾年。FBI的懷疑源於艾西莫夫是俄國名字，再加上這個科幻家「爲匪宣傳」，老是讚揚蘇聯建立第一個商業運轉的核電廠，惹得FBI不高興。我有機會在特列季亞科夫畫廊看到艾西莫夫出生地斯摩陵斯克的文物，相當高興。

很多美術館不准拍照，而特列季亞科夫畫廊則以價制量，付錢可拍照。因此我在短短一小時內拚命拍照，不肯放過任何一張名畫，也爲自己留下「到此一遊」的紀錄（圖十）。

中國的文藝復興時代

If I choose, I would like to live in China's Song Dynasty.

——湯恩比（Arnold Joseph Toynbee）

圖一：湯恩比
（Arnold Joseph Toynbee, 1889-1975）

中國許多創意始於宋朝，因此不少美、日學者認爲宋代是中國的文藝復興時代。歷史學家湯恩比（圖一）曾經很豔羨地說：「如果我有選擇，我希望能生活在中國的宋朝。」描述宋朝鼎盛文藝的歷史文件，我最喜愛的有兩件，一爲書，一爲畫：孟元老的《東京夢華錄》以及張擇端的《清明上河圖》。

這兩件作品詳細敘述了北宋首都汴京（今日開封）的繁華，亦展現出宋代的創意如何融入首善之都的日常生活。我第一次接觸《清明上河圖》是國小時集郵，看到一張小小的郵票竟然能擠進那麼多人物，不禁拿起放大鏡，拚命觀賞其細節。而第一次接觸《東京夢華錄》是在高中時。當時讀到《水滸傳》描述東京（亦即汴京）的景象，對照《東京夢華錄》，若合符節，喜不自勝。我也隱隱約約感覺到《清明上河圖》是《東京夢華錄》的圖像呈現，而《東京夢華錄》是《清明上河圖》的文字敘述。我這種業餘小兒科的「書畫類比」感觸當然不值方家一哂，然而我在《東京夢華錄》和《清明上河圖》的典故中獲得許多樂趣。例如我來到沙烏地阿拉伯和駱駝玩耍，是單駝峰（圖二），很自然比較起《清明

圖二：沙烏地阿拉伯的駱駝

上河圖》中的雙駝峰駱駝商隊，這些雙駝峰的駱駝顯然來自東亞而非阿拉伯。又如《清明上河圖》卷左趙太丞家藥鋪櫃檯上帳本左邊，是一個十五檔算盤，是中國的第一個算盤圖畫。湯恩比大概在《清明上河圖》及《東京夢華錄》看到汴京的生活智慧，不禁愛上宋朝生活，想當宋朝人。《清明上河圖》的「河」是指人工開鑿的汴河，而畫中有各式各樣的船隻，張擇端畫出栩栩如生的細節，令人愛不釋手。據說造船的工匠甚至可將張擇端的畫當成造船的藍圖，實作出眞正的船隻。北宋的汴河是汴京主要的運輸管道之一。宋眞宗的駙馬爺柴宗慶曾說：「曾觀大海難爲水，除去梁園總是村。」「梁園」是指汴京，而環繞汴京的大海則是「汴水」。宋高宗趙構南逃時破壞了汴水河道，以阻擋金兀朮的海軍沿河追趕。汴水不通，商業凋敝，成爲以後汴京沒落的主因之一。

圖三：趙孟頫（1254-1322）

宋代之後的元朝爲蒙古人統治，引進西方多元文化，爲漢民族注入蓬勃的朝氣。在故宮導覽時，導覽員常會提到元朝的趙孟頫（圖三），他是我很喜歡的畫家。我曾模仿他的作品《調良圖》中的馬。《調良圖》（圖四）是趙孟頫很有名的一幅馬畫。圖中畫了一匹馬和牽馬的人，因大風來襲，增加了畫面動感。這匹馬造型生動、體型圓渾飽滿、富貴雍容。大風將馬鬃、馬尾吹飛，而馬依然穩穩地站立，低頭凝視。我的藏書有一幅趙孟頫畫的《鬥茶圖》，描寫中國元代鬥茶的情形。鬥茶興起於中國唐代，稱爲「茗戰」，宋朝稱作「鬥茶」，是當時的民間風俗。參與者烹煮、品評茶葉品質，比較茶藝的高下。圖中四位鬥茶手分成兩組，每組二人，各有一副茶爐和茶籠。左邊鬥茶者，左手持茶杯，右手持茶壺，昂頭望對方，助手在一旁，右手提茶壺，左手持茶杯，兩手拉開距離，正在注湯沖茶。右邊一組鬥茶手也不示弱，準備齊全，右手持茶杯正在品嘗茶香。趙孟頫畫的鬥茶者活潑生動，我曾模仿畫之（圖五）。

圖四：《調良圖》中的馬

圖五：《鬥茶圖》的鬥茶者

圖六：管道升（字仲姬、瑤姬，1262-1319）

趙孟頫的夫人管道升（圖六）更是一位奇女子。她與趙孟頫侍巾櫛，成親之後，夫唱婦和，琴瑟相悅。一三一六年，趙孟頫加封魏國公，管仲姬也被加封爲一品魏國夫人。在封誥之後，她當眾潑墨揮毫寫墨竹，得到元仁宗（愛育黎拔力八達，1285-1320）的讚賞：「沒想到我朝有如此善書婦人，我定要後人知道，我朝趙氏一門皆能書，實乃奇跡！」趙孟頫後來遭受貶斥時，管仲姬暗示丈夫該退場了，寫了一首〈漁父詞〉：「人生貴極是王侯，浮名浮利不自由。爭得似，一扁舟，吟風弄月歸去休！」

由宋初經元代到明朝鄭和下西洋，是中國文藝復興的年代。鄭和第七次下西洋（一四三〇年）之後，由盛轉衰，開始遙遙落於歐洲之後。我多年前讀過一本有趣的書《一四二一年》（*1421: The Year China Discovered the World*），宣稱義大利的文藝復興運動（Renaissance, 1450-1600）是鄭和造成的。這本書的作者爲孟席斯（Gavin Menzies, b.1937）。書中提出理論，認爲鄭和於一四二一年第六次下西洋的探險艦隊抵達了拉丁美洲、加勒比地區和澳大利亞，比麥哲倫（Fernando de Magallanes, 1480-1521）環繞地球航行早一個世紀。而哥倫布（Christopher Columbus, 1451-1506）、麥哲倫和庫克（James Cook, 1728-1779）有信心出航，依靠的是中國最初繪製的地圖。這本書宣稱，鄭和的艦隊駛往開羅，並於一四三四年抵達義大利托斯卡納，帶來了中國科學、藝術和技術，促成西方的文藝復興運動。尤其是達文西的創作，直接受到了中國繪圖技術的影響。根據孟席斯的說法，中國人訪問後就回去，如船過水無痕，沒有把世界變成殖民地，因此歷史未受干擾。孟席斯是潛水艇艦長，而非科班出身的歷史學者，他的理論被許多正統的歷史學家譏評爲「僞歷史」。然而，即使孟席斯的說法並非眞實，如果由宋朝傳承到明朝的科技藝術能在當時傳到歐洲，一定也能促成義大利的文藝復興運動。孟席斯的理論很有創意。

鄭和或許遭受其他太監的妒忌，因此死後大部分的紀錄，包括造船技術的文件都被銷毀，因此中國的航海技術一蹶不振。當鄭和在東非海岸大顯身手時，一位比他年輕二十歲的「航海王子」也在非洲西岸進行偉大的航海事業，這位歐洲的航海高手是葡萄牙王子亨利（圖七）。

圖七：亨利
（Infante D. Henrique, 1394-1460）

鄭和航海，以王道宣揚國威，只留下隨筆式的遊記。他去世後，中國的航海事業就結束了。亨利王子航海非洲海岸時所繪製的航海圖，則完整地保存傳承，成爲航海科技的基礎。今日有些葡萄牙人言之鑿鑿地宣稱，他們比哥倫布更早到達美洲，只不過航海圖不對外公開。的確，當年的葡萄牙人將航海圖視爲國家機密。亨利王子的後繼者依航海圖開創葡萄牙的航海霸業，卻進行殖民侵略，殖民的痕跡至今猶存。十五世紀中葉，葡萄牙人在澳門海域驅離猖狂的倭寇海盜，因此中國默許葡萄牙人在澳門居留。十六世紀中葉後更多的葡萄牙人來到澳門，將商業貿易中心轉移澳門，於是澳門日漸繁榮，許多耶穌會傳教士來此宣揚基督教義。中國第一張照片是一八四四年拍攝於澳門南灣。在葡萄牙管治澳門期間，將南灣一條馬路命名爲殷皇子大馬路（Avenida do Infante Dom Henrique）以紀念亨利王子。澳門在主權移交中國後該馬路仍然保留這名字，我曾兩度到此造訪。高雄也有一條鄭和路，氣勢就不如殷皇子大馬路了。

繪畫之樂

我閒著沒事喜歡繪畫，是塗鴉水準，但也樂在其中。我寫文章的插畫大部分都是自己畫的，原因是，文章會提到歷史人物，希望能附上他們的肖像，讓讀者對這些人物有更深刻的印象，然而使用網路上獲得的肖像圖案，又怕會侵權，於是就自己動手畫插圖。我由二〇〇七年迄今，已畫超過一千張人物肖像，後來集結成不少本交大資工筆記本，送給學生。

圖一：海倫
（Helen Lefkowitz Horowitz）

二〇一二年十月我收到一本美國寄來的書，寄信人署名海倫（Helen Lefkowitz Horowitz），是這本書的作者。書名*Campus Life*，探討十八世紀末到現代的大學生文化。封面的內頁有作者的相片，我模仿畫出如圖一所示。我是在二〇一二年八月訪問哈佛大學時遇見這位女士。她是頗有學問之人，差點拿到二〇〇三年的普立茲獎（Pulitzer Prize）。我們相談甚歡，因此我回台灣後，海倫就寄了她的著作給我。

禮尚往來，我寄給海倫我製作的《CS Note II》及《Cat'S Note III》兩本交大資工筆記本。《CS Note II》每一頁有我畫的一位歷史人物及其名言，而《Cat'S Note III》則是畫我家兩隻貓的憨態。沒多久，海倫就寄了一張卡片給我，寫了不少謬讚之詞，讓我喜不自勝，抓耳搔腮，坐不住板凳。海倫的來函照登如下：

Dear Dr. Lin,

What a great pleasure it was to open the box from Taiwan and find in it the two extraordinary notebooks you sent to me. My first reaction was that they were beautiful, unusually so. I have never seen anything like these in anywhere. And then I read your inscription in the cat's notebook and learned that you had actually drawn the many beautiful images of cats, including the inquiring one on the cover. That let me to notice the distinctive signature initial and see that many of the portrait images in the other notebook had the same signature, suggesting that you are the creator of these lovely portrait drawings as well. You are very talented!

What can I say? Only that I am delighted to have the beautiful notebooks and truly honored that you sent them to me.

Many many thanks! All good wishes!

Helen Horowitz

海倫的筆跡娟秀，卡片正面是薩金特（John Singer Sargent）的作品*Claude Monet Painting by the Edge of a Wood*。海倫挑選薩金特的畫作卡片，尤其讓我驚喜，因爲我很佩服薩金特的藝術境界。在收到卡片之前，我已經揣摩薩金特的肖像畫有一陣子了。而海倫對我的謬讚應出於她歷史學者的本性，容易對我畫的歷史人物引起共鳴。

圖二：薩金特（John Singer Sargent, 1856-1925）

我畫人物肖像，勉強能得其「眞」，卻無法得其「美」。換言之，畫出來的人物都比本尊難看。已經蒙主寵召的歷史人物固然無法向我抗議，而仍然康健的朋友，被我醜「畫」後，難免抱怨不斷。於是痛下決心，深自檢討如何改進。關鍵在於要有本事，能捕捉人物一瞬間的生動表情。薩金特（圖二）是十九

圖三b：希特勒的點畫版本

圖三a：希特勒的線條版本

世紀末、二十世紀初最卓越的肖像畫大師，作品受到世界各地的讚賞。他有天才般的敏銳觀察力，反映於他的作品，讓人有驚豔的新鮮感，這是大部分畫家無法辦到的。於是我開始揣摩他的肖像風格。令我懊惱的是，我的模仿畫就是少了一分高雅的氣息。臨摹了幾張薩金特的畫後，投降放棄，承認是粗鄙之士，無法表現出薩金特擅長的「高雅華麗」畫技。我的繪畫方式早期是簡單的線條畫，而後來則是較爲細緻的點畫。例如圖三 a是我於二〇〇七年畫的希特勒線條版本，圖三 b是我於二〇一〇年畫的希特勒點畫版本。

我的繪畫風格在美術家眼中不值一哂，不過至少算是獨創（Original）。我的繪畫工具相當簡單，處處垂手可得。畫筆是一般的原子筆，最大的缺點是，原子筆出水量不均勻，作畫時墨水常常濃淡不一。這種瑕疵，我習慣了，也就不以爲意。近期的畫像都是

圖四：我畫的貓咪

紫色的色調。原因是某次辦公室買了一批紫色的原子筆，怎麼用都用不完，於是乎我的畫都變成紫色系列。我使用的紙張是一般的A4影印紙。早期的插畫，只是配角，隨意勾畫幾筆交差，不須畫得太大幅。我往往將影印紙摺成四等分，一張紙畫四個肖像，因此較爲簡陋。二〇〇九年底某次搭飛機，在飛機上畫貓兒，被空中小姐瞄到，很好奇地拿去看。她看完後脫口而出：「你怎麼用簡陋的紙張畫圖，又撕得這麼小張，實在太可惜了。」我當場愣住，不知如何回話。看著我毫無反應，她又急切地說：「你的畫太可惜了，我出錢讓你買好一點的紙和筆好嗎？」我聽了幾乎眼冒金星，如同《儒林外史》的范進中舉，飄飄然的，心想千里馬遇到了伯樂，一時之間說不出話來。空中小姐說我的畫紙撕得太小張，好像有道理。此後我都將每幅肖像繪畫在完整的A4影印紙，不再撕成小張。因此我現在的插畫解析度是過去的四倍，看起來比較細緻（圖四）。

圖五：霍夫堡皇宮

二〇一〇年後，我老花眼，視力不如年少時，就改用水彩毛筆及彩色鉛筆作畫。二〇一四年十一月我代表科技部到維也納拜會奧地利科學基金會（FWF）與奧地利研究推廣署（FFG）洽談科技研究合作。此行亦參觀霍夫堡皇宮（Hofburg Palace，圖五），看到不少漂亮的雕像，如入寶山，不停臨摹。一九三三年希特勒上台，於一九三八年併吞奧地利，就在霍夫堡皇宮的陽台宣布德國與奧地利一家親，建立了納粹的獨裁統治。維也納這個文化藝術重鎮吸引許多有志青年來朝拜。一九〇八年希特勒兩次報考維也納藝術學院，都落榜，十九歲的希特勒只能在維也納做零活和出售臨摹畫糊口。當年他若考上維也納藝術學院，朝藝術領域發展，或許就可避免第二次世界大戰的發生。

霍夫堡皇宮是約瑟夫一世（Franz Josef I, 1830-1916）於一八八一年建造的。約瑟夫一世是奧匈帝國的締造者暨第一位皇帝。一八五四年與姨表妹伊莉莎白（Elisabeth von Österreich-Ungarn, 1837-1898）結婚。伊莉莎白小名茜茜（Sissi），極具魅力，號稱「世界上最美麗的皇后」，成爲當時的時尚及文化偶像。二〇一七年七月，我訪問上海歷史博物館，恰巧看到匈牙利帝國特展，有許多和茜茜公主相關的文物，讓我大飽眼福，我特別和展覽海報合照（圖六）。

圖六：我與茜茜合照

時尚界暱稱爲DV，被譽爲「永遠的時尚教主」的佛里蘭（Diana Vreeland）曾說：「奧地利和匈牙利王后伊莉莎白是我仰慕的英雄之一，……伊莉莎白很喜愛也悉心照料她的頭髮，……也許大家都記得溫德哈特繪製偉大的伊莉莎白肖像。她是最早進行健身運動、最早進行體操的現代女性之一。她定期每星期有一晚，上床時會以牛排裹在浴巾中保養肌膚。很明顯的，看她的外表，永遠不會超過三十歲（And Elisabeth, Empress of Austria and Queen of Hungary, is one of my heroines... Elisabeth adored her hair, took great care of her hair... perhaps you remember the great Winterhalter portrait. She was one of the first modern women. She was one of the first women who did exercises, one of the first who did gymnastics, and one night a week she'd go to bed in special sheets of bath toweling packed in beefsteaks - for her skin. Apparently, she never looked older than thirty - ever）。」迪士尼電影中每一位公主的風格都可看到茜茜的影子。歐洲最美麗的皇后，永遠的三十歲，令人遐思不已。

我在霍夫堡皇宮看到茜茜公主的相片及油畫肖像，深深被她高雅的氣質吸引，用鉛筆臨摹她的肖像（圖七）。茜茜以美麗的長髮著稱，我的功力不足，畫像無法呈現其特色。這幅畫是佛里蘭提到的伊莉莎白肖像，爲德國畫家溫德哈特（圖八a）一八六五年的作品。十九世紀中期的歐洲皇室成員喜歡找他來繪畫肖像，因爲他很懂得美化被畫的對象。二〇一五年一

圖七：我臨摹茜茜公主的肖像

圖八a：溫德哈特
（Franz Xaver Winterhalter, 1805-1873）

月二十三日我到花蓮的一個研討會進行主題演講（Keynote Speech），地點在遠雄悅來大飯店。這家飯店放了許多模仿的名畫，飯店經理說這是請美術系的學生模擬畫的，只可惜沒有記下來是模仿哪一些名畫。有些畫我認得出來，一一向飯店經理說明。當中一幅，是溫德哈特爲年輕時代的維多利亞女王（Alexandrina Victoria, 1819-1901）畫的肖像，如圖八b所示。溫德哈特畫的另一幅年輕維多利亞的肖像，我幾年前曾模仿畫過（圖九）。如果將圖八b與圖九擺在一起，大概不容易認定畫中人物是同一個人，這是溫德哈特以不同方式及角度美化維多利亞後得到的不同結果。

圖八b：溫德哈特為維多利亞女王
（Alexandrina Victoria, 1819-1901）畫的模仿畫

圖九：我模仿畫溫德哈特的另一幅
維多利亞肖像

大夢想家（Big Dreamer）

If you can dream it, you can do it.

——迪士尼（Walt Disney）

二〇一八年迪士尼上映電影《愛・滿人間》（*Mary Poppins Returns*），這是一九六四年電影《歡樂滿人間》（*Mary Poppins*）的續集。迪士尼對一九六四年的《歡樂滿人間》有極大的興趣，除了二〇一八年的續集，更早在二〇一三年完成一部電影《大夢想家》（*Saving Mr. Banks*），由湯姆・漢克斯（Tom Hank）飾演迪士尼（圖一a），敘述迪士尼公司籌備與拍攝《歡樂滿人間》這部影片的過程，尤其敘述了當中《歡樂滿人間》的原著作家崔佛斯（圖一b）不爲人知的故事。整部電影描述崔佛斯小時候的陰影，以及如何在最後克服障礙，和迪士尼共同完成了《歡樂滿人間》這部電影。崔佛斯的原著小說反映了她和父親的關係。她的父親是一位

圖一a：迪士尼
（Walt Disney, 1901-1966）

圖一b：崔佛斯
（Pamela Lyndon Travers, 1899-1996）

銀行家，是個令人著迷的夢想家，也是一個酗酒者，成爲小說中班克先生的原型。在電影中，崔佛斯的爸爸由法洛（Colin Farrell）飾演，演活了酗酒的夢想者。眞實世界的崔佛斯是澳洲的兒童文學作家，在一九三四年創作了小說《瑪麗・包萍》（*Mary Poppins*），深受大眾喜愛。這部小說敘述一位仙女保母包萍來到了人間，幫助班克家（Banks）的兩個小孩，教導他們如何克服生活的困難，重拾歡樂，並且讓終日栽入銀行業務的班克先生體認到親子溫情的可貴。迪士尼的女兒們懇求父親一定要將這個故事翻拍成電影，於是迪士尼花了近二十年的時間說服崔佛斯簽約拍電影，但她堅決不同意讓電影製片商改編她筆下的精采故事與傳奇人物，變成可笑的卡通電影。直到一九六一年崔佛斯經濟困難，手頭拮据，才勉強同意飛往洛杉磯，與迪士尼簽約。崔佛斯和迪士尼的電影製作團隊經歷痛苦磨合，最後完成電影，獲得多項奧斯卡金像獎。

我小時候讀過國語日報社翻譯的《保母包萍》，之後更看過迪士尼的電影《歡樂滿人間》。影片中的包萍由安德魯斯（Julie Andrews）飾演，而我最喜歡的角色是由迪克・范・戴克（Dick Van Dyke）飾演打掃煙囪的伯特（Bert）。我和三歲的女兒一起看過這一部電影，父女會同時唱電影中的歌曲〈讓我們去放風箏〉（Let's Go Fly a Kite）。而女兒最喜歡念電影中最長的英文單字「supercalifragilisticexpialidocious」，要我跟著念。這個字的意思是「非常細膩的美好就像獲得救贖一樣」，我永遠念不好，逗得女兒頗爲開心。五十年後，迪克・范・戴克再度參與《愛・滿人間》演出，是一段佳話。

一九九〇年起我陸續買了一套迪士尼動畫的童書，自最早的《白雪公主》（*Snow White*）到《阿拉丁》（*Aladdin*），將近二十本，由太太櫻芳和我念給女兒聽。後來發現裡面有不少單字我不認得，就自己打字，編了一本字典，採用這一套迪士尼動畫童書的句子當例句，提供女兒學習用。例如在《彼得潘》（*Peter Pan*）中有一個句子「Hook was perched on the ship ringing.」我將perch列入單字。結果我發現六歲的女兒懂的單字比我多，一下子就讀完我製作的字典，不僅說這些不是單字，還糾正許多錯誤。我不知該爲女兒的「博學」高興，還是爲自己的「寡聞」難過。總而言之，教女兒學英文的原意變調，變成我在讀迪士尼的童書學英文。

我小時候很喜歡看一齣電視影集《彩色世界》，每次都由《彼得潘》的可愛小仙女Tinker Bell施魔法開場，點燃迪士尼樂園城堡的煙火，而《彼得潘》的虎克船長（Captain Hook）則是被鱷魚追著跑，表情滑稽，讓人看得笑呵呵。嬌小的Tinker Bell不發一語，老是在吃醋、鬧情緒，卻十分令人憐愛。當時擺設在家中的還是黑白電視，幼小心靈難以想像如何「彩色」法，而即使黑白，也已足以讓我的眼界開闊，充滿想像力。尤其有一次播放電影《幻想曲》（*Fantasia*），由七部古典音樂組成，而動畫則以故事或抽象的圖像配合音樂的內容呈現，讓我看得抓耳搔腮，相當興奮。在一九六〇年代之前，這部電影的票房不佳，但我卻對於將音樂的意境呈現於動畫的做法驚豔不已。一九九〇年是《幻想曲》的五十週年，迪士尼重新修復這部電影，並使用最初的幻聲錄音。我和女兒再一起看過這個版本，重溫一九六〇年代的感受。最近我在進行物聯網（Internet of Things）的研究，嘗試將音樂呈現的喜怒哀樂自動轉換爲燈光效果，這是實現我小時候夢想的第一步，終極目標希望能自動產生出類似《幻想曲》的境界。迪士尼說：「如果我們有勇氣去追求，我們所有的夢想都能成眞（All our dreams can come true, if we have the courage to pursue them）。」我充分感受體會。

《美國歷史最有影響力的一百人》當中入選的唯一一位動畫家是第二十六名的迪士尼。他的排名很前面，因爲他的公司創作的卡通人物影響了所有的美國小孩。我的女兒就是在迪士尼

圖二：女兒與迪士尼卡通人物

卡通人物的伴隨下歡樂成長的（圖二）。

陪女兒看迪士尼卡通時，我不禁回憶小時候父母陪我看的第一部卡通影片。時間點大概在一九六五年，看的卡通影片是《太空飛鼠》（*Mighty Mouse*）。當時台灣的電視尚未播放這齣卡通影片（台灣電視台約在一九六七年開始播放《太空飛鼠》），因此我看的是八釐米電影。每次看這部電影，得大費周章，看著父親忙上忙下地將膠捲安裝在八釐米放映機，一切就緒後，我負責關燈，接下來就看著太空飛鼠扶助弱小、打擊惡霸的好戲。當時電影是默片，沒有聲軌，只聽到放映機喀啦喀啦的旋轉噪音。小時候看太空飛鼠很入戲，隨時模仿畫老鼠，在學校上課時，

圖三：泰瑞
（Paul Houlton Terry, 1887-1971）

課本畫滿了太空飛鼠，被老師認爲不務正業而罰站在所難免。太空飛鼠是泰瑞（圖三）一九四二年的作品，最初的設計，和神力女超人（Wonder Woman）類似，都以打擊德國納粹爲題材，二戰之後，改變打擊的對象，不再有戰爭色彩。一九四五年太空飛鼠的短片被提名奧斯卡金像獎，可惜沒獲獎。泰瑞還畫了兩隻烏鴉Heckle & Jeckle，相當活潑生動。泰瑞的動漫事業雖然沒有迪士尼成功，但也啓發了很多小孩的想像力，帶來夢想及歡笑。

漫畫是一種表達思想的活潑方式，用於呈現嚴肅的政治議題，更是可圈可點，常常令人莞爾一笑。喜歡創作政治漫畫的漫畫家，在構思單格漫畫時，必須有極大的想像力與幽默感，也有許多風險。政治漫畫家很容易冒犯有權勢的人，必須有牢獄之災的心理準備。大家公認的美國政治漫畫之父（Father of the American Political Cartoon）是那斯特（圖四），依我之見，他影響世界最重要的豐功偉業是創造出今日常見的聖誕老人（Santa Claus）。那斯特在南北戰爭時期就替北軍畫漫畫，林肯總統對於他的宣傳漫畫讚不絕口。

在美國政治上，那斯特的漫畫定義了民主黨（Democratic Party）及共和黨（Republican Party）的圖騰（Logo）。民主黨（Democratic Party）的驢子標誌（Donkey Symbol）源於政敵詆毀傑克遜（Andrew Jackson, 1767-1845），說他是「驢蛋」（Jackass），於是那斯特在一八七〇年畫了一幅漫畫《活驢踢死獅》（*A Live Jackass Kicking a Dead Lion*）。接著他於一八七四年畫了大象漫畫《第三任的恐慌》（*Third Term Panic*），以大象代表共和黨。這幅畫的副標題是「驢子披上獅皮在森林裡逛蕩，以驚嚇遇到的愚蠢動物來自娛（An ass, having put on the lion's skin, turned about in the forest, and amused himself by frightening all the foolish animals he met in his wanderings）」，在嘲諷格蘭特（Hiram Ulysses Grant, 1822-1885；漫畫中的驢子）。格蘭特在兩屆總統任內政績不佳，當他宣布要第三次連任總統時，把大家（共和黨和報社媒體）嚇個半死。最後格蘭特連任失敗，大夥總算鬆一口氣。這幅漫畫當中代表報社的動物包括了一隻長頸鹿（代表《紐約論壇報》）、一隻獨角獸《紐約時報》、一隻貓頭鷹《紐約世界》，而埋頭的鴕鳥則代表「節制」（Temperence）。一頭大象站在碎木板附近，代表共和黨面對著通貨膨脹、鉅額的公債、家庭法則和重新建設等，快要掉入美國南部危機的無底洞。

那斯特原本住在紐約市，在一八七一年畫漫畫時得罪了權貴，只好避禍，搬到紐澤西的摩里斯鎮，他的住家稱爲風塔納別墅（Villa Fontana），位於麥克洛奇街（Macculloch Avenue）。

一九九〇年代我在摩里斯鎮工作，風塔納別墅離我工作的南街（South Street）不遠，我中午休息，偶爾會閒逛路過這座別墅。圖四的那斯特抬頭瞇眼，令我心有戚戚焉，我畫圖時也有相同毛病，是老花眼症狀，要瞇著眼才能聚焦畫圖。

圖四：那斯特（Thomas Nast, 1840-1902）

趣談攝影

A photograph can be an instant of life captured for eternity that will never cease looking back at you.

——芭杜（Brigitte Bardot）

我的攝影水平僅止於使用傻瓜相機。不過我有機會在法國看到相機發明的相關文獻。第一張相片是在一八二六年由一目失明的尼埃普斯（圖一）所製成。此張照片現在保存於美國德克薩斯大學收藏館中。一八二九年，法國畫家達蓋爾（圖二）巧遇尼埃普斯，兩人趣味相投，合作研發攝影以及感光相片技術。尼埃普斯去世後六年（一八三九年），達蓋爾發明「銀版攝影技術」。這是歷史上第一個成功的攝影技術，命名爲「達蓋爾照相術」。達蓋爾四處兜售這項攝影術的發明專利權，最後被法國政府買下，公布全國任由人民使用，條件是政府發給他年俸

圖一：尼埃普斯
（Nicephore Niepce; 1765-1833）

圖二：達蓋爾
（Louis-Jacques-Mandé Daguerre, 1787-1851）

六千法郎，給尼埃普斯的兒子四千法郎年俸。這種使用專利權（以及發明人獲利）的方式，相當特殊。

二〇一四年十一月我到巴黎拜訪法蘭西科學院（Académie des Sciences）。法蘭西科學院進行許多科學活動，包括先進科技的展示驗證。我在此看到達蓋爾的相關文獻。一八三七年達蓋爾首度成功製作出第一張感光相片，高興地在巴黎市區遊行展示，但乏人問津。達蓋爾靈機一動，想到要找具權威性的科學機構來背書。於是一八三九年他在法蘭西科學院展示全世界第一個攝影技術（Photography），果然造成轟動，被認爲是視覺呈現的革命。法蘭西科學院旋即在其雜誌宣布這項革命性技術。法國政府向達蓋爾徵購其專利，宣布這個發明是「免費送給世界」的禮物。當年達蓋爾的技術需要曝光十多分鐘，因此拍照時，人們必須靜止不動。一八三九年初在巴黎拍照的《坦普爾大道》（*Boulevard du Temple*）是全世界第一張拍到人的照片。雖然拍照時大街上有許多往來的馬車，但是它們都沒有呈像，只有一個擦鞋的人站了足夠久的時間，才出現在畫面上。達蓋爾的發明影響了整個世界，在《歷史上最有影響力的一百人》的排名是六十二。

早期的攝影技術有重要的軍事用途。英法聯軍進攻中國時曾派攝影師在天津拍照，收集軍情。中國第一張照片是一八四四年拍攝於澳門南灣。《津門聞見錄》記載：「英匪入天津時，志頗不小，心亦過細。凡河面之寬窄，城堞之高低，所有要緊地方，無不寫畫而去。尤可異者，手執玻璃一塊，上抹鉛墨，欲象何處，用玻璃照之完時，鉛墨用水刷去，居然一幅畫圖也。如望海樓，海光寺，玉皇閣，皆用玻璃照去。」中國首度出現攝影術，是使用於外交活動。一八四四年義大利、英國、美國、葡萄牙四國官員參見兩廣總督兼五口通商大臣耆英（1787-1858），向他索取相片。他回報咸豐皇帝（愛新覺羅奕詝），說：「請奴才小照，均經給予。」所謂「小照」是畫像的意思。攝影傳入中國的初期，將攝影稱爲「畫小照」。後來中國的攝影，都傾向藝術照。例如圖三爲慈禧的女翻譯——德齡公主的照片，貌美如花，不輸今日的女藝人。裕德齡通曉多國語言，是位才女。十九世紀末期外交官

圖三：德齡公主
（裕德齡，1885-1944）

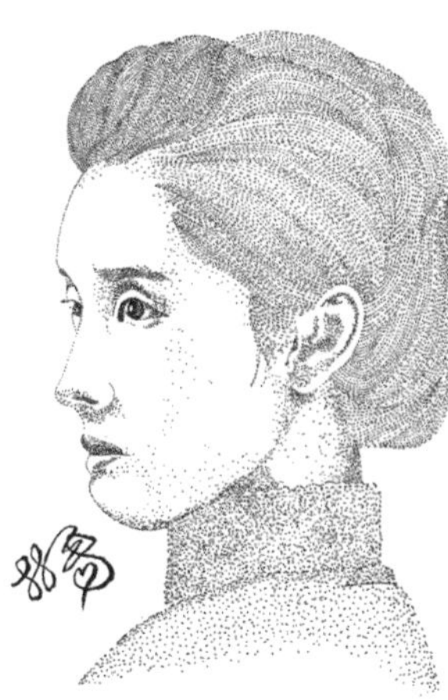

圖四：陸奧亮子
（1856-1900）

夫人當中「小照」拍得最好的應該是日本外交官陸奧宗光的太太陸奧亮子（1856-1900）。我模仿畫出，如圖四所示。

圖五是有名的奧地利攝影師安格勒（Ludwig Angerer, 1827-1879）使用的巨型攝像頭。他在維也納創立全世界第一個攝影工作室（Photo Studio）。二〇一三年四月我參觀開南商工校長林本博的骨董收藏，發現了巨型攝像頭，頗爲興奮。

二〇一四年十一月十八日我拜訪維也納，看到不少安格勒拍攝的作品。最有名的當屬極具魅力、被暱稱爲茜茜的伊莉莎白皇后。她嫁給奧匈帝國的締造者暨第一位皇帝約瑟夫一世，號稱「世界上最美麗的皇后」，成爲當時的時尚及文化偶像。當年伊莉莎白的母親希望她的姊姊嫁給約瑟夫一世。但約瑟夫一世卻看上了妹妹伊莉莎白。一八五四年兩人在維也納結婚。一八九八年伊莉莎白在日內瓦被年輕的義大利無政府主義者刺傷心臟，流血過多身亡。她的春夢隨雲散，飛花逐水流，仙葩凋零，魂消玉殞之際，茫然地說：「出了什麼事？」而凶手殺人的理由竟然是：「我只想要殺死一名皇室成員，不在乎是什麼人。」得知妻子的死訊，約瑟夫一世自言自語說：「她永遠不會知道我多麼愛她。」《歌劇魅影》（*Le Fantôme de l'Opéra*）女主角克莉絲汀（Christine）禮服的造型來自於伊莉莎白。茜茜公主受到公眾的喜愛，如同英國的黛安娜王妃（Diana, Princess of Wales, 1961-1997）。她們在宮廷的生活遭遇也某種程度的類似，都在很年輕天眞時結婚，都有強勢的婆婆。她們都美麗迷人，但也是悲劇性人物。黛安娜在茜茜公主身後相隔近一百年在巴黎車禍意外死亡。由茜茜公主衍生出最有名的產品是「Sissi Taler」巧克力。在安格勒高明的拍攝技術下，茜茜公主的倩影被照片完美地保留。

攝影照相對人類的影響重大，尤其是美女們。出生於巴黎，少女時便以美貌聞名的芭杜（Brigitte Bardot, b. 1934）曾說：「A photograph can be an instant of life captured for eternity that will never cease looking back at you.」有了相片，就可隨時回顧往日長相，自戀一番。

圖五：巨型攝像頭（Riesenkamera von, 1865）

我和芭杜是同好，我們都是愛貓人士，她的眼妝被稱爲貓眼（Cat Eye）。

攝影照相除了記錄女孩青春，更重要的是，記錄了歷史的軌跡。很多人大概不知道，第一次進行官方攝影的國是訪問發生在耶路撒冷。二〇一四年十二月我到耶路撒冷，經由雅法門（Jaffa Gate）進入老城基督區（Christian Quarter）。雅法門是老城（Old Town）的八座城門之一。一五一七年到二十世紀初，鄂圖曼土耳其帝國占領耶路撒冷。一八六九年鄂圖曼土耳其帝國將基督區的一塊土地贈給普魯士國王威廉一世（Wilhelm I）。一八九三至一八九八年間此處建築了路德會救贖主堂（Lutheran Church of the Redeemer），是耶路撒冷第二座新教徒教堂（Protestant Church）。一八九八年新教堂落成，威廉二世（Wilhelm II von Deutschland, 1859-1941）前往耶路撒冷，參加教堂的獻堂典禮。十月二十九日下午三時，皇帝騎白馬進城，通不過雅法窄門。於是乎土耳其人鑿通了緊靠城門右側的牆體，讓皇帝由這個洞洞穿過，留下雅法門鑿洞的壯舉。威廉二世的派頭奇大，帶官方照相師來拍攝歷史鏡頭，是全世界第一次在國是訪問時進行官方攝影。我親眼看到當時的照片，眼福不淺。

抄襲與再創意

Man is a genius when he is dreaming.

——黑澤明（Akira Kurosawa）

在工程研究領域，有很多創意被重複發明。例如Facebook的「讚」（Like），此一機制在二〇〇〇年初就曾在「無名小站」運作。這類的「重複發明」，並非抄襲，而是時機成熟，自然而然地會有相同的想法在不同的時空產生。獨立的「重複發明」或「抄襲」的界線很難區分。

安潔莉娜·裘莉編劇及導演的電影《愛在血淚交織時》（*In the Land of Blood and Honey*）被控告抄襲小說*The Soul Shattering*。這部電影描述戰爭中一段糾結的愛情故事。一名塞爾維亞男子與一名波斯尼亞穆斯林女子陷入熱戀，沒想到南斯拉夫在一九九一年六月起開始分裂解體，波黑（南斯拉夫六個共和國之一）、塞爾維亞、克羅埃西亞三個主要民族，對波黑該獨立與否各持

圖一：黑澤明
（Akira Kurosawa, 1910-1998）

己見。這對戀人則因民族的對立，感情之路嚴酷而崎嶇。*The Soul Shattering*亦描述戰亂的愛情，但法官認爲裘莉的劇情仍不相同，最後判決裘莉勝訴。

抄襲前人想法往往東施效顰，不如原創。最明顯的例子是，李小龍成名後馬上有一大堆武打明星模仿他的武術橋段，水準卻遠遜於李小龍。然而根據前人想法的再創意，也有青出於藍而勝於藍的例子。黑澤明（圖一）的《七武士》（七人の侍）被翻拍成好萊塢電影《豪勇七蛟龍》（*The Magnificent Seven*）。《用心棒》則被抄襲，產生了《荒野大鏢客》（*A Fistful of Dollars*），都比原創作品有名。

《七武士》故事背景爲日本戰國時代末期。當時有不少武士淪落爲山賊，到處搶劫村莊。貧窮的村莊被搶怕了，決定向外尋求援助，抵抗山賊。這群貧困村民拿著寶貴的白米飯，抵用保護費，打動了七位流浪武士，慨然相助。山賊襲擊時，七位武士和農民並肩作戰，奮力抵抗，付出了慘重的代價，武士中有四人陣亡。大戰過後，武士們離開村落，武士中的首腦人物勘兵衛感嘆地說：「這也是場敗仗……贏的並不是武士，而是農民。」

圖二：尤・伯連納
（Yul Brynner, 1920-1985）

圖三：三船敏郎
（Mifune Toshiro, 1920-1997）

《七武士》被美國導演史塔奇（John Sturges, 1910-1992）翻拍成好萊塢電影《豪勇七蛟龍》。本片敘述土匪侵擾善良的墨西哥小鄉村，鄉民集資召募七名美國鑣客，抵抗百名土匪。七位勇士鑣客在結識過程，各自顯現高強功夫的特色，很有賣點。和《七武士》相同，以少擊眾的激戰中，七名鑣客死了四位。土匪頭子中彈斃命前，喃喃自語：「爲什麼會這樣？」不明白爲何敗給七位鑣客。這部影片的男主角是好萊塢巨星尤・伯連納（圖二），而其餘六位鑣客也都是重量級。

黑澤明的另一部經典之作《用心棒》（ようじんぼう）也被抄襲，產生了《荒野大鏢客》。《七武士》及《用心棒》的主角都是三船敏郎（圖三）。三船敏郎是具有國際知名度的演員。根據黑澤明的說法，一般影星的表演，攝影機拍攝時通常得花上十呎底片，才能讓觀眾留下印象，而三船敏郎只要三呎底片就夠了。三

圖四：我模仿畫三船敏郎主演《用心棒》的劇照

船敏郎愛吃油條，來台灣時還特地以中國話指定，要吃「油炸鬼」。一九六一年三船敏郎主演了黑澤明的《用心棒》（圖四）。「用心棒」是用來拴大門的橫木，日文引申爲受僱用的保鏢。在片中，三船敏郎扮演咬著牙籤、浪跡天涯的武士，演技精湛，獲得一九六一年義大利威尼斯影展最佳男主角。

義大利名導演李昂尼（Sergio Leone, 1929-1989）在一九六四年拍攝了《荒野大鏢客》劇情與《用心棒》一模一樣。黑澤明認爲智財權被侵犯，一狀告到美國法庭，一九六七年和解，《荒野大鏢客》方才獲准在美國上映。這部電影捧紅了名不見經傳的克林・伊斯威特（Clint Eastwood, b. 1930）。片中的伊斯威特咬著雪茄，很酷地玩槍，簡直就是三船敏郎叼著牙籤，玩武士刀的翻版。三船敏郎的相關文獻常提到伊斯威特，說他因模仿三船敏郎而成名，而伊斯威特相關的文獻則隻字不提三船敏郎。訴訟和解的結果，黑澤明得到《荒野大鏢客》全球票房盈利的15%和在日本、台灣以及南韓的發行權。結果《荒野大鏢客》全球大賣，我於二〇一二年八月在耶魯大學的貝尼克圖書館還看到這部電影的海報，被完整保存。黑澤明在《荒野大鏢客》上的獲利超過了自己的《用心棒》，他的內心應該是五

圖五：我模仿畫三船敏郎的《戰國英豪》（隠し砦の三悪人）劇照

味雜陳。

所有抄襲黑澤明的「再創意」，最有名的應該是《星際大戰》（*Star Wars*）。盧卡斯（George Walton Lucas, Jr., b. 1944）曾說，他一九七七年執導的《星際大戰》第四部曲的構思來自於黑澤明。被參考的作品是一九五八年時黑澤明執導的電影《戰國英豪》。故事背景爲日本戰國時代，各國混戰之下，秋月家滅亡，而其家臣眞壁忠心耿耿，意圖擁立小公主雪姬。秋月家的軍資黃金藏匿在某山砦中，眞壁利用了貪圖黃金的兩位農民又七與太田，協助背負黃金，帶著公主穿越敵國，向同盟國早川求援。片中的眞壁由三船敏郎（圖五）飾演，而上原美佐（b. 1937）則飾演雪姬。

《星際大戰》的劇情類似於《戰國英豪》，敘述銀河共和國轉變爲銀河帝國的過程中引發內戰，反抗軍與帝國軍互相對抗，當中莉亞公主（Princess Leia Organa）的原型是雪姬，由費雪（Carrie Fisher, 1956-2016）飾演，而一瘦一胖的農夫又七與太田（圖六）則是機器人C-3PO和R2-D模仿的原型。我個人的猜想，當初黑澤明在塑造一瘦一胖的農夫造型時，受到《勞萊

圖六：我模仿畫《戰國英豪》中的又七與太田

與哈台》（*Laurel and Hardy*）的影響，而盧卡斯則更將一瘦一胖的特徵凸顯爲「高瘦」與「矮胖」。有趣的是，《戰國英豪》中的又七與太田並未在日本人的記憶留下太多痕跡。而C-3PO和R2-D2則舉世聞名，甚至被日本漫畫*Dr. Slump*多次模仿，成爲劇情素材。《星際大戰》首創好萊塢電影商品的授權，建立龐大事業，旗下分別有小說、漫畫、玩具與電玩遊戲等周邊產業，獲利頗豐。《星際大戰》並非全然模仿《戰國英豪》，也有自己的特色，例如系列中每部電影，小說與電玩遊戲，皆以「在很久以前，在一個很遙遠、遙遠的星系……（A long time ago, in a galaxy far, far away...）」的字幕開頭。

卷二

指揮的重要

立陶宛國家博物館

二〇一四年十一月我因公務來到立陶宛（Lihuania）的首都維爾紐斯。卸下行李後，駐拉脫維亞代表處的葛光越大使帶我們到立陶宛國家博物館（National Museum of Lihuania）參觀。我國對波羅的海（Baltic Sea）三小國的外交工作由葛大使負責，因此立陶宛也是他的工作範圍。葛大使說：「了解這個國家的歷史，和對方打交道時才不會失禮。」國家博物館緊鄰教堂廣場（Katedros aikštė），座落於維爾紐斯大教堂（Cathedral of Vilnius）旁邊。在廣場上看到了維爾紐斯奠基者格迪米尼茲的紀念碑（圖一）。紀念碑的雕像屈

圖一：格迪米尼茲紀念雕像（Monument to Grand Duke Gediminas）

圖二：格迪米尼茲（Gediminas, 1275-1341）

身手握劍刃，乍看之下，姿勢頗爲特別，不明是何典故。我很好奇地素描了雕像（圖二）。

穿過廣場，國家博物館館長史德潘力（Valdas Steponaitis）已在門口迎接。他曾經來過台灣，大夥寒暄，倍感親切。我問他，格迪米尼茲的雕像爲何屈身手握劍刃。他笑著說，這表示立陶宛君王是愛好和平的，右手手掌向下，表示給予，左手不是高舉長劍示威抧擊，而是握劍刃表示止戰，不忮於眾。望著格迪米尼茲的雕像，不禁想著：「平生作善天加福，若是剛強受禍殃。舌爲柔和終不損，齒因堅硬必遭傷。杏桃秋到多零落，松柏冬深愈翠蒼。」歷史證明，格迪米尼茲是很有智慧的軍事政治家，不愧「舌柔不損，松柏翠蒼」。進入館內，由一位美麗的導覽員介紹館藏文物。介紹的文物中有兩件相當有趣，第一件是全世界體積第二大的貨幣（圖三a），這個長方形的巨大金屬塊橫跨兩個玻璃窗，大概是用來宣示君王權威，不能當眞拿來買賣；另一個是彼得大帝（Peter the Great, 1672-1725）的手印（圖三b）。手印相當大，導覽員有點不好意思地說，這手印大得有點誇張。她自己大概不太相信這是眞人的手印。我笑著說，這應該眞的是彼得大帝的手印。我

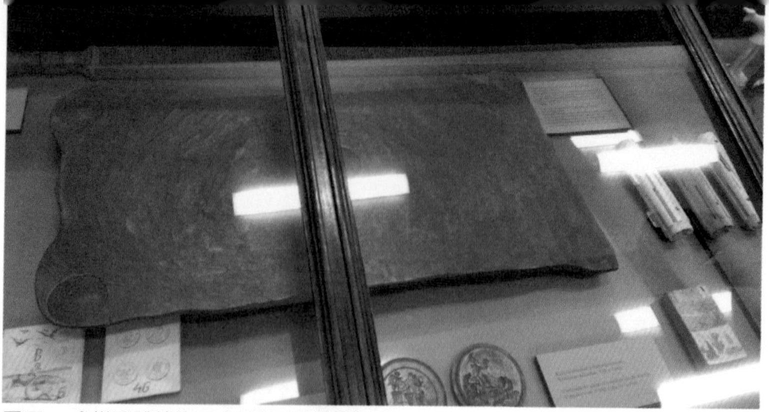

圖三a：全世界體積第二大的長方形貨幣

在莫斯科的克里姆林兵器博物館看過彼得大帝的手套，巨大無比，如今比對其手印，果然尺寸符合。

在導覽員介紹下，立陶宛的輪廓逐漸浮現。立陶宛是波羅的海沿岸國家中面積最大、人口最多的國家，地勢平坦，僅中部地區有一些冰磧堆積丘陵。立陶宛的領土形狀有如非洲，只是下方縮短。右下方凸出一小塊名爲利達，如同盲腸，據說是史達林在劃分東歐勢力範圍時，無意間將菸斗放在地圖上，於是將菸斗遮蓋部分的土地割給立陶宛（圖四a）。史達林的這類故事甚多。我在莫斯科基輔地鐵站也聽說，該處地鐵網路成圓環狀，原因是史達林喝咖啡時，將杯子放在地鐵的地圖上，正好遮蓋出一個圓環。他

圖四a：立陶宛地圖

圖三b：彼得大帝的手印

就下令將鐵道建成這個形狀。

維爾紐斯（Vilnius）是立陶宛的首都和最大的城市。人口約五十三萬，比新竹市多十萬人。這個近千年的古城人丁不旺，原因是屢遭戰亂，人民顛沛流離之故。今日則是歐洲綠化最成功的首都，超過四成的區域綠樹成蔭。傳說在十四世紀時由立陶宛大公格迪米尼茲奠定爲京城。格迪米尼茲大公是雄才大略的政治家，將其領土由波羅的海擴張到黑海（Black Sea）。學者推論，維爾紐斯這座城市是他建立的，因爲在他之前，這個城市從未出現在任何正式文獻。「維爾紐斯」在立陶宛語是「狼」的意思。根據傳奇，格迪米尼茲於一三二二年外出狩獵，夜晚夢見穿鐵甲的狼（Iron Clad Wolf），站在山丘上嚎叫（參見圖四b），夢

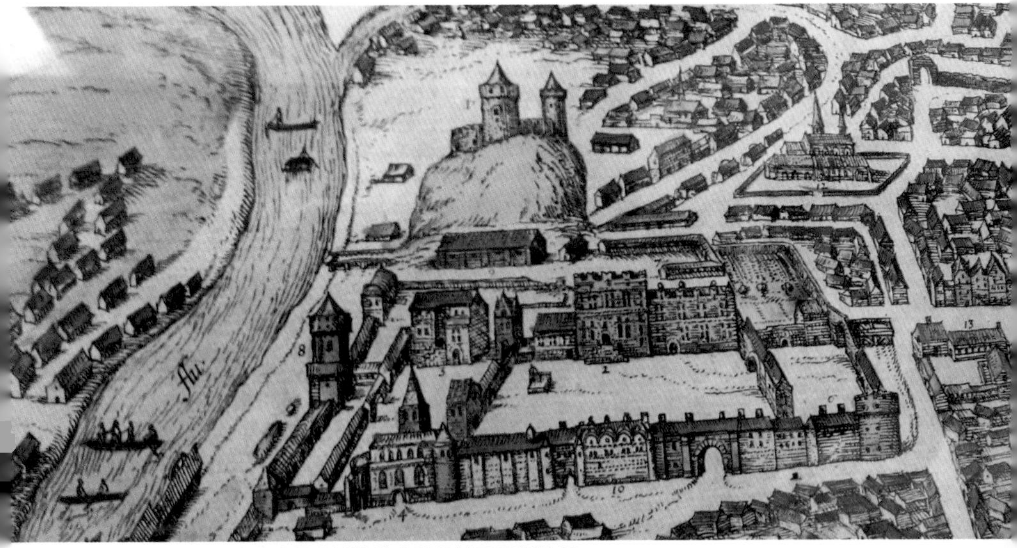

圖四b：立陶宛國家博物館收藏的維爾紐斯地圖

醒後在此地建城。格迪米尼茲的紀念碑基座左上方雕刻一隻狼，典故源於此。格迪米尼茲的豐功偉業對立陶宛有極大貢獻。有趣的是，中世紀的基督教世界恨他恨得牙癢癢。立陶宛是多神教國家，格迪米尼茲拒絕將立陶宛變成信仰基督的國家，因此被稱爲「頑固的異教徒」。

一五二二年時白俄羅斯（Belarus）的教育家斯卡伊那（Francysk Skaryna, 1490-1552）在維爾紐斯設立第一間印刷廠，印製第一本書《旅遊小書》（*The Small Book of Travels*）。博物館收藏了一部印刷機器，機械零件相當完整（圖五）。十六世紀時維爾紐斯在齊格蒙特二世（圖六）統治下發展達到顛峰。他最傑出的成就是將波蘭與立陶宛合併爲波蘭—立陶宛聯邦（Polish-Lithuanian Commonwealth），聯邦甚至控制了部分德語系的普魯士城市。

十六世紀時波蘭—立陶宛聯邦曾占領莫斯科，直到一六一二年米寧（Minin）和波札爾斯基（Pozharskiy）驅逐波蘭—立陶宛聯軍。一六五四

圖五：博物館收藏的印刷機器

圖六：齊格蒙特二世
（Zygmunt II August, 1520-1572）

至一六六七年間的俄波戰爭，維爾紐斯曾被俄國軍隊占領數年。波蘭—立陶宛聯邦在十七世紀中期後日漸衰微，一七九五年被日益強盛的奧地利、普魯士和俄羅斯等帝國三度瓜分，社稷從今雲擾擾，兵戈到處鬧垓垓，最後亡國。當時波蘭—立陶宛的皇帝斯坦尼斯瓦夫二世（Stanislaw August Poniatowski, 1732-1798）簽函正式退位。博物館收藏他簽署退位書時的桌子（圖七），桌上放了一隻斷刃的劍柄，讓人想像當年的斯坦尼斯瓦夫二世，踽踽涼涼，頭上髮，愁中白。

維爾紐斯接下來的歷史可謂歷盡滄桑，多次被俄國、波蘭、法國，及德國占領，軍民塗炭，日夕不能聊生，人遭縲絏之厄。一七九五年，立陶宛併入俄羅斯帝國。波蘭人和立陶宛人在一八六三年起義，反抗俄國，未能成功。造反者或者被殺，或者被流放。圖八是收藏在國家博物館的油畫《被放逐的反抗者》，畫中人物表現出：「生死異路兮，從此別；奈何煢速兮，心中悲」，呈現造反者被流放的悲哀表情，讓人感受到「貧不擇妻，飢不擇食，寒不擇衣，惶不擇路」的處境。

圖七：斯坦尼斯瓦夫二世簽署退位書的桌子。

圖八：《被放逐的反抗者》（*1863 Rebels in Exile*）

圖九a：十九世紀猶太教儀式用法器（Jewish Ritual Objects: Torah Crown, Torah Shield, Torah Pointer, Kiddush Cup）

一九二二年立陶宛人被逐出維爾紐斯，由波蘭人和猶太人取代。二次世界大戰前維爾紐斯的四成居民是猶太人，充滿豐富的猶太文化（Judaic Culture，圖九a），被稱爲立陶宛的耶路撒冷（Jerusalem of Lithuania）。一九四一至一九四三年間德國軍隊占領維爾紐斯，幾乎殺盡猶太人。一九四五年後蘇聯打敗德國人，將立陶宛人移入維爾紐斯，而波蘭人則被驅逐回波蘭。綜觀歷史，居住在維爾紐斯的人們如走馬燈般的顚沛流離，直到一九九一年蘇聯承認立陶宛獨立後，維爾紐斯才迅速轉變爲現代化的歐洲城市。導覽小姐講解清晰有系統，我學到不少知識，喜得抓耳撓腮，眉開眼笑。

參觀完畢，我代表科技部致贈禮物給立陶宛國家博物館，由葛光越大使見證（圖九b）。史德潘力很熱心地帶我們到博物館背後的小山丘，這是進入維爾紐斯舊城（Old Town）的門戶，通過山丘就直接抵達教堂廣場。小山丘上的格迪米尼茲城塔（圖十）原來是格迪米尼茲下令興建的城堡（Upper Castle），屏障維爾紐斯舊城，現在只剩這座塔被完整地保存下來。我們登上小丘那天氣候甚佳，綠草如茵。小山丘上的格迪米尼茲城塔面向維爾紐利河（Vilnelė），曾爲古戰場。我感受迎面風吹，不禁想起《水滸傳》中的一首詩：「九里山前作戰場，牧童拾得舊刀鎗。順風吹動烏江水，好似虞姬別霸王。」兩天後維爾紐斯開始下雪，一片雪白，景觀完全不同，正是：「昨朝山上青草色，今日頭邊雪片浮。」我有幸在兩天內見到格迪米尼茲城塔下雪前後的景觀，眼福不淺。

圖九b：科技部致贈禮物給立陶宛國家博物館，由左至右為導覽小姐、林一平、史德潘力（Valdas Steponaitis）以及葛光越。

圖十：格迪米尼茲城塔（Gediminas' Tower）下雪前後的景觀。

圖十一a：維爾紐斯金髮女孩

我提到立陶宛國家博物館的導覽員相當清純美麗。出國前每個人都告訴我，立陶宛到處是金髮美女。來到維爾紐斯，遇到的立陶宛女孩，雖無十分的容貌，也有些動人的顏色，不搽脂粉也風流，照相存證，以資紀念（圖十一a）。照相前當然要獲得對方許可，而她們也很大方，毫不在意地讓我拍照。我順便素描一位立陶宛金髮女孩，果然清秀脫俗（圖十一b）。

立陶宛歷經劫難，養成樂觀的天命，有一句諺語：「既然上帝給你牙齒，祂自然也會提供麵包。」這個諺語勸你，船到橋頭自然直，不要太憂慮未來。

圖十一b：我素描立陶宛女孩

立陶宛教育科學部

既然上帝給你牙齒，祂自然也會提供麵包。
（Dievas davė dantis, Dievas duos ir duonos.）

——立陶宛諺語

二〇一四年十一月二十日我代表科技部到立陶宛教育科學部（圖一）參加三邊會議（Taiwan-Baltic Steering Committee Meeting），由其副部長瓦提庫斯（Rimantas Vaitkus）主持，拉脫維亞代表是克羅明博士（Janis Klovins）。年會舉辦相當成功，有熱烈而正面的討論（圖二），也確定了下一年度的合作項目。瓦提庫斯副部長和我有一致的看法，認爲應該加強人文領域的合作。接下來幾天，我一直仔細思考台、立兩國的人文研究，鏡愈磨愈亮，泉越汲越清，如何促成這個概念的實踐，也越來越清楚，內心相當高興。

圖一：立陶宛教育科學部（Ministry of Education and Science）

圖二：三方人馬熱烈而正面的討論

這一整天的會議相當辛勞，中午休息吃中飯的空檔，所有人由科教部徒步外出，透一口氣。一群浩浩蕩蕩的台、拉、立聯軍走在路上，途中經過不少歷史景點。葛大使拉著我脫隊，說他要花二分鐘帶我參觀一個地方。我跟著繞進一條小巷（圖三a），來到左邊一間不起眼的房子，進去後別有洞天，竟然是讓人驚豔的琥珀博物館（Mizgiris' Amber Museum）。博物館保存了十五世紀末時以原石砌成的陶窯，是頗具考古價值的歷史遺跡（圖三b）。

圖三a：小巷（Šv. Mykolo）

圖三b：十五世紀末時以原石砌成的陶窯

▶圖四b：導覽員熱心介紹
▼圖四a：博物館有系統地排列各種琥珀

博物館有系統地排列各種琥珀（圖四a），導覽員很熱心地介紹琥珀知識（圖四b）。部分展示的琥珀放在特殊的透明玻璃櫃（圖五a），正面及上方皆有放大鏡，展示琥珀裡頭的昆蟲，可清楚看到細微的髮絲（圖五b）。立陶宛所在的波羅的海沿岸是世界琥珀的主產地，四千萬年前，歐洲北部氣候溫暖，大片森林植物淌下樹脂，往往黏裹住周圍的昆蟲、植物及動物毛髮。原始森林沒入水下，被泥土沉積物掩埋，樹脂保存迄今，是爲琥珀。含有完整昆蟲或植物的琥珀最爲珍貴，呈不透明狀或半透明狀的琥珀等級較次，也稱作蜜蠟。立陶宛的琥珀顏色金黃透明，質地晶瑩，品質佳，適合作爲首飾，號稱「立陶宛黃金」。中國南北朝時期的陶

▲圖五a：展示琥珀的特殊透明玻璃櫃

▼圖五b：琥珀裡頭的昆蟲

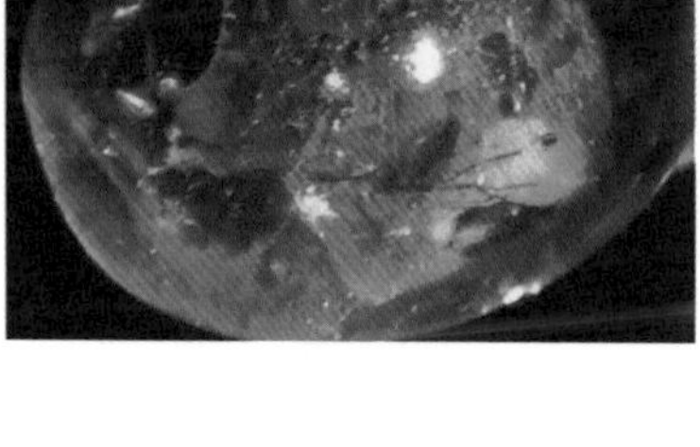

弘景（456-536）醫術神奇，被元代的茅山道士尊爲第九代宗師。他的著作《名醫別錄》敘述琥珀：「味甘，平，無毒。主安五臟，定魂魄，殺精魅邪鬼，消瘀血，通五淋。」翻成白話文，琥珀有三大功效：一是去驚定神，二是活血散瘀，三是利尿通淋。我將這幾項好處告訴博物館的導覽員，她聽了很驚訝，也很高興，露出美麗的微笑，說：「以後導覽，我要增加說明琥珀的中藥藥效。」

在快速參訪琥珀博物館之後，趕到餐廳午膳。餐廳所在地點的左側是立陶宛國防部。瓦提庫斯副部長敘述立陶宛的部會組織，每個部會可以有四位副部長，分屬不同政黨，和台灣的做法大不相同。瓦提庫斯望

圖六：文學之路（Literatu Street）

圖七：密茨凱維奇
（Adam Bernard Mickiewicz, 1798-1855）

著窗外的國防部建築，笑著說，他們的空軍只有直升機。葛大使曾經擔任空軍的高階軍職，設計經國號。我提到這件事，瓦提庫斯刮目相看，大夥面上有光。

午餐結束後，室外飄起初雪，頗驚喜。回立陶宛教科部路途，瓦提庫斯介紹街景，滔滔不絕地細說歷史往事。我們經過一條小巷子，街牆鑲嵌許多藝文作品，是爲文學之路（圖六）。二〇〇八年，一群藝術家爲了紀念詩人密茨凱維奇（圖七），決定在他住過的這條街上擺出文創的裝飾作品，以作家、譯者以及對文學有貢獻的學者爲主題，頗有特色，符合文學之路這個街名。

密茨凱維奇因政治因素，於一八二三年被拘禁於維爾紐斯聖公會聖三一堂的巴西勒修道院（Basilian Monastery）。格迪米尼茲因狼嚎而建立維爾紐斯城，這個故事啓發了密茨凱維奇，因而倡導波蘭浪漫主義運動（Romanticism），將狼嚎建城的故事融入其創作的詩歌。維爾紐斯的文化氣息深深影響了波蘭的諾貝爾文學獎得主米沃什（圖八）。他在維爾紐斯上大學時，發表詩歌於校刊而嶄露頭角，聲稱自己是立陶宛大公國的最後一位公民（Last Citizen of the Grand Duchy of Lithuania）。

走回教育科學部的短短路程，經過立陶宛文學洗禮，驚喜而滿足。我們繼續三方會議，進行很充實的討論。會議結束時，已是下午四點，瓦提庫斯副部長和我握手互道感謝（圖九a）。接下來幕僚們需要密集作業，完成合作協定的正式條文，以便在晚宴時簽訂。晚宴在納魯提斯酒店（Narutis Hotel）舉行，該酒店由十六世紀的修道院改建，位於皮利街（Pilies Street）上。宴客廳呈現中古世紀的氛圍，曾被好萊塢（Hollywood）製片商借用，當作電影及電視影集的場景，包括歷史頻道的影片*Barbarians and Barbarians II*、百視達（Blockbuster）製作的電影*Defiance*，以及HBO的迷你影集*Elizabeth I*。在此令人愉悅的場所，我們先進行台、拉、立簽約儀式。拉脫維亞、立陶宛兩國敬我遠來是客，請我坐中間，瓦提庫斯和克羅明在我左右方（圖九b）。簽約完成後，大家移駕到宴客廳用膳（圖十）。

圖八：米沃什（Czeslaw Miłosz, 1911-2004）

我首先代表台灣起立致詞，感謝立陶宛的招待。用餐期間，大家把握機會交流，了解對方。瓦提庫斯副部長說，立陶宛的大學生人數下降很快，在五年內由二十萬八千降到十五萬，主要是人口外移，在歐盟的制度下，年輕人很容易在不同國家遊走。我和瓦提庫斯閒聊，我以

圖九b：台、拉、立簽約儀式

圖九a：瓦提庫斯副部長和我握手互道感謝

圖十：簽約完成後在宴客廳用膳

爲立陶宛的主要外語是俄文，但以英文交談，暢通無阻，似乎每個當地人都能說英文。瓦提庫斯答覆，立陶宛比較親美，也一直想抹除蘇聯留下來的痕跡。他說了一個笑話，在立陶宛湖中有一條金色的魚，如果漁夫抓到這條魚，許三個願望，可以實現。有一個漁夫抓到這條魚。這條魚以俄語說：「你可以許三個願望。」這個漁夫討厭俄國，很生氣地抓住魚尾巴敲船沿，說：「不准說俄語，不准說俄語，不准說俄語！」瓦提庫斯笑著結語：「所以我們就不說俄語了。」葛大使曾經提到，拉脫維亞人會唱一首奇怪的歌，當中有一句歌詞是：「我的爸爸很勇敢，他到瀋陽去。」我猜這是被俄國徵召參加日俄戰爭的拉脫維亞兵，隨口問克羅明，當年拉脫維亞人是否被俄羅斯徵召打仗。克羅明苦笑：「豈止日俄戰爭，在蘇聯時期，我也曾經被徵召當俄國兵呢。」俄國統治時，立陶宛人的名字是俄文拼音，德國人統治時，名字

圖十一a：我與維爾紐斯大學的學術副校長畢古斯（Eugenijus Butkus）

是德文拼音，我忽然想到立陶宛藝術家曾說：「每個人都應該記住自己的（立陶宛）名字」，這是很卑微的抗議。

隔日我到距離教育科學部不遠的維爾紐斯大學（Vilnius University）參訪。維爾紐斯大學的學術副校長畢古斯（圖十一a）帶我到維爾紐斯大學附近的教堂廣場（Katedros aikštė）。徒步慢行，畢古斯沿路介紹舊城景觀。舊城充滿神祕的驚奇，壯麗宏偉的宗教建築有哥德式（Gothic）、文藝復興式（Renaissance）、巴洛克式（Baroque），以及古典主義（Classicism）等各種態樣。教堂廣場有一座很特別的大鐘樓（圖十一b左

圖十一b：大鐘樓（左方）與大教堂（右方）

圖十二a：我和立陶宛教科部的小姑娘

側），是義大利以外較罕見的建築，原來是連接城堡（Lower Castle）的瞭望鐘樓，是城牆毀壞後剩下的遺跡，在特殊節日如聖誕節或萬聖節時會敲響樓中的大鐘。

我請畢古斯帶我去看「STEBUKLAS Brick」，他卻茫然不知所以。原來教堂廣場上有一塊鑲嵌立陶宛字「STEBUKLAS」的石磚，翻譯成中文是「奇蹟」。傳說只要站在地磚上，腳尖指向「S」，虔誠地許個願後，三百六十度地轉身，如果還能站在磚上，腳尖再度指向「S」，那麼願望就會成真。這是立陶宛教科部的小姑娘（圖十二a）告訴我的，她經過教堂廣

圖十二b：奇蹟磚「STEBUKLAS」

場時，都會在磚上轉一圈。我問她許願靈不靈。她開心地點頭。博學多聞的畢古斯不知道這塊地磚，倒也不意外，因爲所謂的「奇蹟地磚」，也不過是六年前政府鑲嵌上去的，日理萬機的大學副校長哪有閒功夫去聽這類「現代」傳說。然則廣場那麼大，如何找到這塊地磚？正在納悶時，見到一位老婆婆蹣跚走到大鐘樓至大教堂（圖十一b右側）的中間處，雙手合十，低頭一陣子，緩步離開。我跑到同一地點，仔細一瞧，果然有一塊紅色地磚（圖十二b）。老婆婆沒站在磚上旋轉，大概是年紀大了轉不動。我站在紅色地磚上連續轉了三次，竟然都成功。畢古斯問我許了啥願望，我笑著回答，我沒許願。其實我有許願，祝福老婆婆許的願望能達成，畢竟是她剛才的指引，讓我看到了「奇蹟地磚」。

對岸共和國

每個人都有不擁有權利的權利。
（Everyone has the right to have no rights.）

——對岸共和國憲法

二〇一四年十一月我來到立陶宛（Lihuania）首都維爾紐斯（Vilnius），由駐拉脫維亞代表處的葛光越大使陪同，參加台灣、拉脫維亞以及立陶宛共同舉辦的台拉立科技合作年會。爲了了解維爾紐斯的文創發展，我特別去拜會該市烏哲邦區（Užupis）的對岸共和國（Užupio Respublika）。我經由聖安妮教堂旁的鐵橋，跨越維爾紐利河（Vilnelė）後，進入烏哲邦區。對岸共和國總統與憲法起草人李雷基斯已在鐵橋的彼端等候我們（圖一a）。李雷基斯是立陶宛的詩人、導演及音樂家。二〇一三年五月他曾經來台灣參加電影節，發表作品《天堂樂影》

圖一b：達賴喇嘛丹增嘉措（Dainzin Gyaco, b. 1935）

圖一a：李雷基斯（Romas Lileikis）

（*The Shadow of Heaven*）及《靈魂的技藝》（*Maat*）。立陶宛文的「烏哲邦」意指「河的對岸」，是被維爾紐利河圍繞的地區。有人說這個區域就像巴黎的蒙馬特（Montmartre），充滿浪漫與神祕氣氛。李雷基斯對於蒙馬特的比擬頗不以爲然，自豪地認爲「烏哲邦」更有其獨特之處。一九九七年四月一日，維爾紐斯一群藝術家在這個區域成立「對岸共和國」。達賴喇嘛丹增嘉措（圖一b）是該國的榮譽市民。然而這個國家是喊好玩的，未被任何一國政府承認。

李雷基斯爲首的藝術家們選擇愚人節爲國慶，當然不是偶然，而是要凸顯幽默，並貶抑政治的「正經性」。異想天開的憲法矗立於保皮奧街道（圖二a）的牆頭，以十八國語言寫成。立陶宛被外族統治時，舊有的語言與文化往往被禁止並抹滅。對岸共和國憲法以多國語言呈現（圖二b），自然有解禁的含意。

圖二a：憲法矗立於保皮奧街道（Paupio Street）的牆頭

UŽUPIO RESPUBLIKA UŽ REPUBLIC OF UŽUPI

CONSTITUTION

1. Everyone has the right to live by the River Vilnelė, and the River Vilnelė has the right to flow by everyone.
2. Everyone has the right to hot water, heating in winter and a tiled roo
3. Everyone has the right to die, but this is not an obligation.
4. Everyone has the right to make mistakes.
5. Everyone has the right to be unique.
6. Everyone has the right to love.
7. Everyone has the right not to be loved, but not necessarily.
8. Everyone has the right to be undistinguished and unknown.
9. Everyone has the right to idle.
10. Everyone has the right to love and take care of the cat.
11. Everyone has the right to look after the dog until one of them dies.
12. A dog has the right to be a dog.
13. A cat is not obliged to love its owner, but must help in time of nee.
14. Sometimes everyone has the right to be unaware of their duties.
15. Everyone has the right to be in doubt, but this is not an obligation.
16. Everyone has the right to be happy.
17. Everyone has the right to be unhappy.
18. Everyone has the right to be silent.
19. Everyone has the right to have faith.
20. No one has the right to violence.
21. Everyone has the right to appreciate their unimportance.
22. No one has the right to have a design on eternity.
23. Everyone has the right to understand.
24. Everyone has the right to understand nothing.
25. Everyone has the right to be of any nationality.
26. Everyone has the right to celebrate or not celebrate their birthday.
27. Everyone shall remember their name.
28. Everyone may share what they possess.
29. No one can share what they do not possess.
30. Everyone has the right to have brothers, sisters and parents.
31. Everyone may be independent.
32. Everyone is responsible for their freedom.
33. Everyone has the right to cry.
34. Everyone has the right to be misunderstood.
35. No one has the right to make another person guilty.
36. Everyone has the right to be individual.
37. Everyone has the right to have no rights.
38. Everyone has the right to not to be afraid.
39. Do not defeat.
40. Do not fight back.
41. Do not surrender.

VIII NEPRIKLAUSOMYBĖS
BALANDIS 2006 1
UŽUPIS

圖二b：憲法英文版

憲法四十一條文中有三條是座右銘，包括「不要被打敗（Do not defeat）」、「不要還手（Do not fight back）」，以及「不要投降（Do not Surrender）」。這些條文不可能被當真地置入一般憲法，例如第五條寫著：「每個人有變得獨一無二的權利（Everyone has the right to be unique）」，聽起來像是廢話，但如果回顧立陶宛被強權占領的歷史，這條文就頗有深意了。有些條文充滿藝術或哲學氣息，例如第一條：「每個人都有在維爾紐利河畔生存的權利，而維爾紐利河有流經每個人的權利（Everyone has the right to live by the River Vilnelė, and the River Vilnelė has the right to flow by everyone）」，以及第三十七條：「每個人都有不擁有權利的權利（Everyone has the right to have no rights）」。甚至連動物的權利都照顧到，如第十二條：「每隻狗有權去做狗（A dog has the right to be a dog）」。這些細膩權利分配的規定還頗不常見呢。有些條文是對稱的，如第十六及十七條：「每個人都有快樂的權利（Everyone has the right to be happy）」、「每個人都有不快樂的權利（Everyone has the right to be unhappy）」，說明人有權利做或不做事。由這些條文，吾人可感受立陶宛這個國家以及維爾紐斯這個城市，在歷盡外族的統治與壓迫後，藝術家們特意成立「對岸共和國」，並不令人意外。這種「幽默以對」的心態，在其憲法中發揮得淋漓盡致。

我尤其喜歡憲法第十三條：「每隻貓沒有義務要愛牠的主人，但必須在需要的時候提供幫助（A cat is not obliged to love its owner, but must help in time of need）」。根據這一個條文，我家的貓兒Simba（圖二b）顯然有資格當對岸共和國公民。Simba愛不愛我，不得而知，但他會在清晨時跳上床，咬我的

圖二b：貓兒Simba

圖三b：對岸共和國的國旗（冬天）

圖三a：當我在畫圖時，Simba的屁股就會擠到紙邊

腳，叫我別賴床，以免上班遲到，有達成「必須在需要的時候提供幫助」的義務。每當我畫圖時，他的屁股就會擠到紙邊，尾巴搖搖晃晃地拍打紙面，似乎想幫忙畫畫，卻是越幫越忙（圖三a）。

媽寶們一定樂意加入對岸共和國，因爲憲法第九條允許人們遊手好閒：「每個人都有無所事事的權利（Everyone has the right to idle）」。對岸共和國的國旗是一隻手掌，其特別之處是，手掌顏色隨季節變化，春天是綠色，夏天是黃色，秋天是紅色，而冬天則是藍色（圖三b）。我們也聽到了對岸共和國的國歌，悠揚悅耳。大家都很好奇，身爲總統，李雷基斯到底負啥責任？他毫不遲疑地回答：「吹過旗子飄揚的風歸我管（The president is in charge of the wind that flutters the flag）」。三十年前的烏哲邦是治安不佳的貧窮區域，在李雷基斯這群藝術家的努力下，烏哲邦脫胎換骨，是很不容易的成就。

▶圖四a：守護天使雕像是天使長加百列（Gabriel）
▲圖四b：我模仿畫守護天使雕像

對岸共和國的主要廣場站立著吹號角的守護天使雕像（Užupis Angel，圖四），是沃西奧斯卡斯（Romas Vilčiauskas）的作品，揭幕於二〇〇二年四月四日，象徵此地藝術自由的復興。這雕像是爲上帝傳達信息的天使長加百列，吹響號角宣布審判日開始。維爾紐利河堤岸靠橋邊有一個特殊位置，坐著一條青銅美人魚（圖五），也是沃西奧斯卡斯的作品。我認爲這條美人魚是全世界最漂亮的青銅美人魚之一，不遜於丹麥的小美人魚銅像。沃西奧斯卡斯的雕像作品，人物往往皺眉，嘴唇較厚，頭髮的呈現，條條分明。守護天使及美人魚都是如此。

參觀完共和國後，李雷基斯總統設國宴款待（圖六a）。席間他侃侃而談，如數家珍般

▲圖五a：維爾紐利河堤岸的美人魚雕像（Užhupis Mermaid）
▼圖五b：我模仿畫維爾紐利河堤岸的美人魚雕像

地詳述共和國各種活動，並致贈我對岸共和國一元鈔票（圖六b）。他說有不少名人曾在烏哲邦居住，最有名的竟然是殺人無數的捷爾任斯基（圖七），他是蘇聯國家安全委員會（KGB）的前身以及全俄肅反委員會（簡稱「契卡」〔Cheka〕）的創始人。捷爾任斯基創立的組織在俄國內戰和紅色恐怖時期，曾以拷打及處決大量民眾而聞名於世。另一位烏哲邦區的名人是考那斯（圖八），他是畫家、作曲家兼作家。考那斯是歐洲抽象藝術的先驅者，對立陶宛的現代文化有深遠的影響。

我很好奇地詢問共和國的財政狀況。財政部長說：「我們的財政是零預算。一旦有錢，大家就會將心思放在錢上，大家搶預算，就不會好好做事。」葛大使發人深省地說：「他們許多

圖六a：對岸共和國國宴（總統李雷基斯及其內閣成員）

好的創意都是由於沒錢，窮則變，變則通地發揮出來的。」我也有類似觀察，對岸共和國的許多活動，精打細算，資源都用在刀口上，正是：「任事不宜憑大膽，臨機全靠有深心。」經過我和葛大使討論後，向李雷基斯總統提出，我們願意替對岸共和國提供中文版本憲法。總統李雷基斯很高興地接受。未來台灣遊客到保皮奧街，會看到中文版憲法碑文掛在牆上。雙方在愉快的氣氛下結束國宴。立陶宛當地人如何看待對岸共和國？有人將李雷基斯這班人士當作笑話看待。但他們並非唐吉訶德這類人物，而是

圖六b：對岸共和國一元鈔票

圖七：捷爾任斯基
（Feliks Dzierżyński, 1877-1926）

圖八：考那斯
（Mikalojus Konstantinas Čiurlionis, 1875-1911）

在爲非主流，甚至邊緣人發出聲音。這群藝術家其實頗有創意及商業頭腦，財務部長馬修列斯（Vitas Maciulis）還是立陶宛太陽能產業協會的會長呢。他們的努力，吸引達賴喇嘛二度來訪，也吸引立陶宛總統大駕光臨，的確受到相當程度的肯定。

對大部分人而言，對岸共和國憲法不很正經，似乎在搞笑。如果你了解立陶宛過去幾世紀遭受外族掠奪、顛沛流離的苦難歷史，再讀對岸共和國憲法，一定有不同感受，也能了解對岸共和國詮釋的世界，爲何會有「沒有人有暴力的權利」的憲法條文，不會膚淺地認爲這是笑話，而能體會這部憲法是在替卑微的弱勢團體發聲。

對岸共和國憲法的中文內容和英文版不完全相同，因爲中文條款是直接由立陶宛文翻譯爲中文，條文如下。

第一條　每個人都有在維爾紐利河畔生存的權利，而維爾紐利河有流經每個人的權利。

第二條　每個人在冬天都擁有熱水、暖氣和瓦片屋頂的權利。

第三條　每個人都有死亡的權利，但不是義務。

第四條　每個人都有犯錯的權利。

第五條　每個人有變得獨一無二的權利。

第六條　每個人都有愛的權利。

第七條　每個人都有不被愛的權利，但不是必須的。

第八條　每個人都有不傑出和不聞名的權利。

第九條　每個人都有無所事事的權利。

第十條　每個人都有愛和照顧貓的權利。

第十一條　每個人都有權照顧狗隻直到其中一方死去。

第十二條　每隻狗有權去做狗。

第十三條　每隻貓沒有義務要愛牠的主人，但必須在需要的時候提供幫助。

第十四條　有時候，每個人都有不知道他的職責的權利。

第十五條　每個人有質疑的權利，但不是責任。

第十六條　每個人都有快樂的權利。
第十七條　每個人都有不快樂的權利。
第十八條　每個人有保持沉默的權利。
第十九條　每個人都有信仰的權利。
第二十條　沒有人有暴力的權利。
第二十一條　每個人都有欣賞自己是不重要的權利。
第二十二條　每個人都有對永恆憧憬的權利。
第二十三條　每個人都有權利去了解。
第二十四條　每個人都有權利不去了解任何事情。
第二十五條　每個人都有權利成爲任何國籍的人。
第二十六條　每個人都有權利慶祝或不慶祝自己的生日。
第二十七條　每個人都應該記住自己的名字。
第二十八條　每個人都可以分享他們擁有的。
第二十九條　沒有人可以分享他們所沒有的東西。
第三十條　每個人都有權利有兄弟、姊妹和父母。

第三十一條　每個人都可以是獨立的。

第三十二條　每個人要爲自己的自由負責。

第三十三條　每個人都有哭的權利。

第三十四條　每個人都有被誤解的權利。

第三十五條　每個人都沒有權利讓另外一個人有罪。

第三十六條　每個人都有成爲個人的權利。

第三十七條　每個人都有不擁有權利的權利。

第三十八條　每個人都有不害怕的權利。

第三十九條　不要被打敗。

第四十條　不要還手。

第四十一條　不要投降。

天使報喜與聖誕教堂

With Free minds all are to worship their Gods

——君士坦丁一世（Constantinus I Magnus）

圖一：君士坦丁一世（Constantinus I Magnus, 274-337）

二〇一四年十二月我訪問以色列，來到耶穌的出生地伯利恆（Bethlehem）。耶穌的出生地有一個紀念的教堂，是謂聖誕教堂（Church of the Nativity）。伯利恆位於巴勒斯坦自治區，距離耶路撒冷約十分鐘車程。六一四年波斯人入侵，大肆破壞基督教聖地，但建造於耶穌誕生馬槽的聖誕教堂卻未受損。這座教堂由羅馬天主教、希臘東正教及亞美尼亞使徒教會共同管理。教堂的入口後來改建，十分狹窄，名爲「謙卑之門」（Door of Humility），要彎腰才能通過。據說這是基督徒爲了阻擋伊斯蘭教徒騎馬進入，特意將門改小，以保護教堂。這座亞美尼亞東正教堂，是君士坦丁一世（圖一）的母親海倫娜（Saint Helena, 246-330）所建。西元三二五年

◀圖二a：聖誕教堂入口特意將門改小

▼圖二b：教堂的地板已有近兩千年歷史

海倫娜來巴勒斯坦朝聖，經過一番專業考古，找到聖誕洞穴，建築了聖誕教堂。當年幾何圖案的地板仍然完好保存至今日。我凝視幾何圖案，感受倒流的歷史（圖二）。

君士坦丁一世的脖子粗短、鷹勾鼻。他信奉基督宗教，可能受到他的母親海倫娜的影響，結果對歐洲有重大影響。他頒布「米蘭敕令」（Edictum Mediolanense），將基督宗教合法化，規定星期天爲禮拜日。君士坦丁一世是讓基督宗教在歐洲鹹魚翻身成爲正朔的關鍵人物。聖誕教堂及耶路撒冷的聖墓教堂都是在他統治的時期建立。他在《歷史上最有影響力的一百人》的排名爲第二十六。君士坦丁一世個性偏執，是一連串矛盾的綜合體，常在盛怒下殺死親友，包括自己的兒子。

聖誕教堂有狹窄的穴階，通往耶穌誕生時的「聖誕洞」。洞穴狹窄，在長十二公尺、寬三公尺的面積內，有半圓形的大理石低矮壁龕，是耶穌誕生祭壇，相傳是聖母

圖三：石槽堂

瑪利亞誕生耶穌基督之處。祭壇的雲石地面上鑲有一粒十四角銀星，石面上以拉丁文寫著：「Hic De Virgine Maria Jesus Christus Natus Est（這是聖母瑪利亞生產耶穌基督之地）。」銀星即是「伯利恆之星」，中間爲圓洞，可伸入觸摸耶穌誕生所在洞穴的岩石。此星最早雕刻於一七一七年，由法國捐贈。銀星的右邊，是著名的石槽堂（圖三）。教堂內有許多金絲鑲邊的彩畫，描繪耶穌降生的故事。狹窄的空間，擠滿了觀光客，一位女郎請我幫她拍照，當時兵荒馬亂，拍完後人已不知去向。一八四七年十月三十一日「伯利恆之星」被偷盜挖走。法國主張有權利再製作新的「伯利恆之星」，並且替換耶路撒冷聖墓教堂的屋頂。俄國反對，引發後續法俄兩個皇帝的爭執，成爲一八五三年克里米亞戰爭的主因之一。因爲中東的教堂爭執，在歐洲東部大打出手，未免太神奇。

圖四a：紀念耶穌的繼父聖約瑟夫（Saint Joseph）的小禮拜堂

教堂內還有許多小禮拜堂，當中一座紀念耶穌的繼父聖約瑟夫（圖四a），裡面有壁畫，敘述天使告知他要帶著妻小逃到埃及。壁龕陳設簡單，兩旁放了蠟燭，中間是聖約瑟夫的全身雕塑，是貧困孤恓、歷經風霜的模樣，我素描其面部表情，如圖四b。

圖四b：聖約瑟夫

聖約瑟夫小禮拜堂右轉石階向下會引導到另一石室，牆壁雕刻一位神父耶羅米（圖五a）。西元三八六年耶羅米來到伯利恆，在距離聖誕洞很近的地方隱居，專心將《舊約聖經》翻譯成新拉丁文本，被認爲是偉大的譯經家，他翻譯的《舊約聖經》，至今仍是天主教最權威的譯本。聖誕教堂的地下闢此石室，紀念這位著名的隱修者，彰顯他傳播《聖經》文化的巨大貢獻。出了教堂，中庭花園也豎立了耶羅米的雕像（圖五b）。耶羅米千里迢迢地由希臘來到伯利恆，磨磚作鏡，積雪爲糧，有毅力地翻譯經書，讓我想到玄

圖五b：耶羅米紀念碑

圖五a：耶羅米
（S. Hieronymi, 340-420）

奘法師（602-664）由中國到印度取經的故事，他也是偉大的經書翻譯家。兩個人遠行取經的經歷類似，甘奈寂寞的翻譯經書的精神亦相同。正是：「訪道不辭遠，讀書須閉戶。」方東美（1899-1977）在其巨著《中國哲學精神及其發展》寫著：「偉大翻譯家實導更偉大創作之先河。」耶羅米和玄奘法師是最佳的見證。

世界偉人出生前，總會有異象神蹟來宣示偉人出世。預告耶穌出生的「天使報喜教堂」遍布全世界，例如訪問以色列的一個月前，我在俄羅斯參訪過克里姆林宮內的聖母領報大教堂（Church of Annunciation），而天使眞正報喜之處是在拿撒勒（Nazareth）。一九六九年義大利建築師梅斯奧（Giovanni Muzio）在拿撒勒舊城廣場重建天使報喜大教堂（Church of Annunciation）。傳說這裡是瑪利亞的故居，天使加百列在這裡向她報喜訊，說：「妳將要由聖靈感孕生子，名叫耶穌」（路1:26-35）。今日的教堂建築分兩層，下層地穴保存了古教堂的「聖穴」，上層爲該城的天主教區教堂。教堂內的中堂陳設了由全球天主教堂捐贈的聖母與聖子馬賽克畫像。我臨摹畫了日本版本的聖母與聖子像、中國版本以及拿撒勒版本的聖母面龐。日本版本是浮世繪的畫法（圖六）。中國版本的聖母像是楊柳青年畫的手法，很像是觀音菩薩（圖七）。這麼多幅馬賽克畫像當中，我認爲拿撒勒版本的聖母最漂亮（圖八）。原馬賽克畫像我拍照如圖九所示。

圖六：我素描日本版本的聖母與聖子像，是浮世繪的畫法。

圖七：我素描中國版本的聖母

圖八：我素描拿撒勒版本的聖母

圖九：各國版本的聖母與聖子像的完整壁畫，依序是日本版、中國版、拿撒勒版、台灣版。

二〇一五年五月最後一個禮拜天，我和太太櫻芳在台北街頭看到聖十字節（Santacruzan）遊行。聖十字節是菲律賓的重要慶祝節日，年輕的菲律賓女孩打扮成皇后遊行，最後會選出最漂亮的女孩。這個節日是在紀念聖海倫娜及君士坦丁一世在耶路撒冷尋找十字架的功德。今日我們看到聖海倫娜的肖像，右手都會環抱巨大的十字架。我在本文說，君士坦丁一世是讓基督宗教在歐洲鹹魚翻身成爲正朔的關鍵人物。其實他不同於漢武帝，並未「罷黜百家，獨尊儒術，利用孔子爲傀儡，壟斷天下之思想，使失其自由」。他頒布「米蘭敕令」，讓基督宗教成爲一種合法的宗教，但是並沒有苛待或迫害其他宗教（例如多神信仰），反而保證不破壞傳統神廟。君士坦丁一世禁止崇拜神化的皇帝，但在他本人死後，羅馬元老院照舊把他尊奉爲神。

君士坦丁一世是將耶穌神格化的關鍵。他於西元

圖十：潘恩
（Thomas Paine, 1737-1809）

三二五年召開尼西亞會議，會議最大的重點在於是否要讓耶穌擁有神性。有些人說耶穌膝下有子，因此他是凡人的傳言有可能是眞的。君士坦丁一世爲了不讓異端抗議，在會議中說，若將耶穌神化，異端分子便可能不再抗議。於會議通過了《尼西亞信經》，將耶穌神格化，成爲正統的基督教學說。在基督宗教獨占歐洲的年代，仍有人反對將耶穌神化。例如鼓舞美國獨立的潘恩（圖十），寫了一本書《理性時代》（*The Age of Reason*），反對基督教條，主張理性自由的思考，被人視爲激進主義者，想法不被認同，下場淒慘，最後潦倒以終。今日美國人終於認同他的理念，立碑紀念。一九九○年代我在美國紐澤西州的摩里斯市（Morristown）工作，該市就有一座潘恩紀念碑，我常有機會路過，瞻仰這座雕像。

《理性時代》這本書檢視神話般神學的眞實性，質疑基督教基本教義。除了神的存在外，基督教徒認爲耶穌的復活是最神聖的宗旨。潘恩信奉自然神論（Deism），以理性觀察自然世界作爲宗教信仰的基礎，他認同神的存在，但不相信耶穌的復活（Resurrection）。潘恩說：「我相信人生而平等，我也相信宗教的職責包括主持正義、愛與憐憫，並努力使普羅大眾快樂（I believe in the equality of man; and I believe that religious duties consist in doing justice, loving mercy, and endeavoring to make our fellow creatures happy）。」

根據丹·布朗（Dan Brown）小說拍攝的電影《達文西密碼》，藉由主角的口，敘述君士坦丁一世意圖操作耶穌的文史資料，並且藏匿或湮滅有關耶穌人性的許多證據。這部電影造成轟動，而基督宗教的信徒則無法接受，認爲丹·布朗無所不用其極地褻瀆耶穌，抹黑天主教會，及其他史上和現今的人物。

以色列印象

But always I regarded myself as one who was born in Jerusalem.

——阿格農（Samuel Josef Agnon, 1888-1970）

二〇一四年十二月我訪問以色列，以色列駐台代表何璽夢在官方行程中特別安排我上赫茨爾山（Herzl Mountain），這座山紀念赫茨爾（圖一）。一八九六年赫茨爾出版《猶太國》（*The Jewish State*）。書中論述，歐洲的「猶太人問題」不是社會問題或宗教問題，而是民族問題，其解決方法是建立猶太人的自治國家。從此之後他積極地進行錫安主義的宣傳。一八九七年赫

圖一：赫茨爾
（Theodor Herzl, 1860-1904）

圖二：赫茨爾山模型，白色圈圈是以色列猶太大屠殺紀念館（Yad Vashem）的位置。

茨爾在維也納自費出版了錫安主義週刊《世界報》（*Die Welt*），並在各國進行外交活動。一九〇四年他病逝於奧地利。以色列建國後，尊崇赫茨爾爲國父，於一九四九年將其遺體移葬到耶路撒冷最高的山頂上，即今天的赫茨爾山（圖二）。

我們特別爬上赫茨爾山，參訪山上的以色列猶太大屠殺紀念館（圖三），其位置在圖二的白圈處。紀念館是根據以色列國會（Knesset）在一九五三年通過的紀念法令成立，希伯來語Yad Vashem是「有紀念、有名號」之意。《聖經》曰：「我必使他們在我殿中，在我牆內，有紀念、有名號，比有兒女的更美，我必賜他們永遠的名，不能剪除。」館內標示勿拍照。我心中想著，在此哀傷之處拍照，的確很不恰當。紀念館敘述納粹最初由討厭猶太人，卻不知如何處理，只能焚燒猶

圖三：猶太大屠殺紀念館（Yad Vashem-Israel Holocaust Museum）

圖四：海涅
（Heinrich Heine, 1797-1856）

太人的書，最後演進到「最終解決方案」（Final Solution），亦即集中營大屠殺。

海涅（圖四）在一八二一年的書*Almansor: A Tragedy*預言了這個過程：「一開始會燒書的人，最後會殺人（Where they have burned books, they will end in burning human beings）。」一九二四年希特勒在他的著作《我的奮鬥》（*Mein Kampf*）寫著：「...the personification of the devil as the symbol of all evil assumes the living shape of the Jew」，偏激地認爲猶太人是惡魔的化身。一九三五年的納粹國會通過種族歧視法案（Racial State），猶太人的苦難於焉開始。

紀念館展示德國納粹如何屠殺猶太人。許多德國軍官具有高度文化水準，怎麼會有如此殘暴野蠻的行爲？我想到在耶路撒冷看到《艾希曼耶路撒冷大審紀實》（*Eichmann in Jerusalem: A Report on the Banality of Evil*）。故事如下：納粹軍官艾希曼（Otto Adolf Eichmann）在二次世界大戰時將上百萬猶太人送上死亡集中營。戰後他逃到阿根廷。一九六〇年，以色列特工綁架他，送回耶路撒冷審判。艾希曼說他無罪：「我從來沒殺過猶太人，……我從來沒有殺死過任何人，我從來沒有下令殺人。」他認爲自己只是一個守法的人，他的一切行爲都只是在履行希特勒「最終解決方案」的職務，他扮演的角色是偶然的，因爲任何人在他的位置上都會做相同的事；以此推論，如果他有罪，幾乎每一個德國人都會有罪。他的辯解當然不會被接受，只能說：「孽造於人，罪還自受。」

一九六一年漢娜鄂蘭（圖五）來到耶路撒冷，採訪艾希曼的審判過程，在《紐約客》上發表文章，說出名言「邪惡的平凡性（Banality of Evil）」。她說：「艾希曼格外勤奮努力，因爲他想晉升，而我們無法認爲這種勤奮是犯罪。……他並不愚蠢，只是缺乏思考能力（Thoughtless）。這絕不等同於愚蠢，卻令他成爲那個時代最大罪犯之一。」大規模犯下的罪行，其根源無法追溯到做惡者身上任何敗德、病理現象或意識型態信念的特殊性。做惡者唯一的人格特質可能是一種超乎尋常的淺薄，是一種奇怪的、又相當眞實的「思考無能」。她說：

圖五：漢娜鄂蘭
（Hannah Arendt, 1906-1975）

「這種脫離現實與缺乏思想能力，遠比潛伏在人心中所有罪惡的本能加總起來更可怕，這才是我們在耶路撒冷應該學到的教訓。」

紀念館有一座「國際義人」公園（Righteous Among the Nations），紀念在大屠殺期間冒巨大風險援救猶太人的非猶太人，以色列人是非分明，讎既難忘，恩須急報。有兩位中國人在此受到表揚：何鳳山及潘均順。一九三八年「水晶之夜」，德國納粹開始對猶太人進行有組織的屠殺，許多猶太人流亡，想盡辦法脫離納粹魔爪，如同：「失群的孤雁，趁月明獨自貼天飛；漏網的活魚，乘水勢翻身衝浪躍。不分遠近，豈顧高低。心忙撞倒路行人，腳快有如臨陣馬。」

「腳快有如臨陣馬」的猶太人逃出歐洲後卻發現，整個世界不想得罪德國，均冷酷地對待他們，不肯收容。一九三九年，英國停止猶太人移民到巴勒斯坦。此時在維也納的駐奧中國領事何鳳山獨排眾議，給予「生命簽證」，在中國上海收容猶太人。消息傳出，世界各地約五萬猶太人逃來上海避難。我在紀念館內看到了「生命簽證」的申請表，名稱是「猶太避難調查表」（Directory of Jewish Refuges）。另一位中國義人是潘均順，於一九一六年移民俄國，一九四二年一月至一九四三年八月二十三日德軍占領烏克蘭期間，他藏匿了一名逃出德軍封

圖六：兒童紀念堂（Memorial to the Jewish Children Murdered by the Nazis）

圖七：安妮・法蘭克（Anne Frank, 1929-1945）

鎖區的女孩，並於戰後繼續撫養她。所謂人心生一念，天地盡皆知，善惡若無報，乾坤必有私；這些義人的義行，終究會被彰顯。

參觀完主題館後，何璽夢帶我們到隔壁的兒童紀念堂，該處紀念被納粹殺害的兒童（圖六）。兒童紀念堂外左上方矗立一根根白色的紀念柱子，而堂內沒燈光，只點燃一根根小蠟燭，在黑暗中看見成百上千的微弱燈光。在莊嚴的背景音樂中，聽見無止盡的唱名，念出受難小孩的名字。這些名字中有安妮・法蘭克（圖七），她是《安妮日記》（*Anne Diary*）的作者。這本日記發行於一九四七年，詳述作者的悲痛遭遇。荷蘭歷史學家羅曼（Jan Romein）說：「這本由一位小孩所寫的日記，內容不合常理，使人深感該小孩所面臨的悲痛，相比紐倫堡審判所找到的證據，更能具體表現出納粹主義的可怕。」

離開猶太大屠殺紀念館，已是傍晚。返回酒店途中，何璽夢和我長談以色列歷史。我過去對以色列歷史，尤其是以阿戰爭，有粗淺的了解，經過何璽夢詳述後，學習更多，兩人相談甚歡。一九四八年五月十四日，以色列在特拉維夫宣布獨立建國，爆發第一次中東戰爭。戰爭期間阿拉伯人封鎖耶路撒冷長達八個月，以色列人以特拉維夫為臨時首都。戰爭結束時，耶路撒冷西部被新成立的以色列國占領。一九五〇年，特拉維夫和雅法兩市合併成立特拉維夫—雅法市。

一九六七年爆發第三次中東戰爭，只打了六天，因此又稱「六日戰爭」。以色列的總指揮戴揚（圖八）經此一役，成為國家英雄。在短短六日取得如此輝煌戰果，歸功於先發制人的突襲，在初期即獲得戰場上的制空權，並積極主動地運用裝甲部隊。戴揚的表現堪稱：「沖天豪氣世間無，萬古堪稱大丈夫！」他喜歡開快車，有一次超速被攔下。交通警察開罰單時問他：「你開車超速，難道不看車子的時速儀表？」戴揚回答：「我只有一隻眼睛，你要我看路還是看儀表？」戴揚是本—古里安（圖九）的信徒，頭腦清楚，從不說愚蠢的事，但也會黨同伐異。他熱愛冒險，雖然和阿拉伯人進行生死戰鬥，他相當尊敬阿拉伯人。本—古里安是以色列第

圖八：戴揚
（Moshe Dayan, 1915-1981）

圖九a：我在機場拍攝的本—古里安（David Ben-Gurion, 1886-1973）

圖九b：我模仿畫的本—古里安

一任總理，他的身材矮胖，光禿的頭頂周圍長滿了先知般蓬亂的白髮，粗眉糙鼻，下巴突出，十足粗獷的工人階級作風。本—古里安有很強的行動力。他曾說：「任何人會瘋狂地宣稱自己是猶太人，一定是個猶太人（Anyone who is crazy enough to declare himself a Jew is a Jew）。」

一九七四年阿以再度衝突，美國總統尼克森（Richard Nixon, 1913-1994）扮演關鍵角色。一九七三年十月六日蘇聯以大批武器支持埃及和敘利亞等阿拉伯國家聯盟，對以色列發動贖罪日戰爭（第四次中東戰爭），以色列最精銳的空軍和裝甲部隊損失過半。尼克森立即下令大力援助以色列，迅速扭轉戰爭局勢。蘇聯則宣布單方面強制執行中東維和軍事任務。尼克森不甘示弱，下令美國軍隊進入核戰警戒狀態，是繼古巴飛彈危機以來最劍拔弩張的一次，最終蘇聯讓步。一九七四年六月，尼克森出訪中東，成爲第一位訪問以色列的美國總統。

中東和平是否會來臨？何噩夢說，可能留待下一代解決吧。我想到一部電影《地球末日戰》（*World War Z*），宣傳新聞寫著「A wall built to fend off zombies brings Israelis and Palestinians together」，解決以色列與巴勒斯坦人的衝突（Israeli-Palestinian Conflict）。電影中男主角彼特（Brad Pitt, b.1963）來到耶路撒冷牆，在一個大型的廣場，看到種族眞正的和平。巴勒斯坦旗幟和以色列旗幟並排飄揚，穆斯林和猶太人一起禱告，小孩一起嬉戲。雙方在擠成一團的集會歡呼並唱聖歌，沒有任何種族、政治、宗教或意識形態的區隔，大家一起抵抗殭屍（Zombies）。電影傳達的意念是，今日的穆斯林和猶太人「矛盾冰同炭」，如果遇到共同敵人，或許能「綢繆漆與膠」，團結一致。

法蘭西科學院

圖一：伽桑狄（Pierre Gassendi, 1592-1655）

二〇一四年十一月我到巴黎法蘭西學會（Institute de France）拜會其院長塔奎（Philippe Taquet）。法蘭西科學院的前身可追溯到十七世紀初，當時巴黎的學界名人在修道士暨博物學家梅森（Marin Mersennus, 1588-1648）的修道室定期聚會，參與的人士都有卓越的表現。例如伽桑狄（圖一）宣傳原子論，認爲一切東西皆是原子按一定次序結合而成，生生不息，世界是無限的。費

圖三：我在法蘭西科學院拍攝的笛卡兒（René Descartes, 1596-1650）大理石像

圖二：帕斯卡（Blaise Pascal, 1623-1662）

馬（Pierre de Fermat, 1601-1665）是律師，然而他在數學上的成就遠勝職業數學家。他的名言是：「我發現了一個美妙的證明，但由於（紙張的）空白太小而沒有寫下來。」帕斯卡（圖二）是偉大的數學家，發明了早期的計算器，影響了電腦科學。他說：「信仰與證明不同，後者是天性，前者是天賦（Faith is different from proof; the latter is human, the former is a Gift from God）。」

當中對世界影響最大的是笛卡兒（圖三）。他將幾何座標體系公式化，被尊爲解析幾何之父。他也是西方現代哲學思想的奠基人，曾留下名言「我思故我在」。笛卡兒的運氣超好，獲得一筆遺產，不必爲生活奔波，因此當別人「我工作故我在」時，笛卡兒可以「我思故我在」。他一輩子做實驗，到四十歲才出版薄薄的著作《方法導論》，成

圖五a：法蘭西科學院

圖四：克莉絲蒂娜
（Christina, 1626-1689）

爲現代科學家及哲學家的鼻祖。笛卡兒對有學識的年輕女性特別有吸引力。他近六十歲時，二十三歲的瑞典皇后克莉絲蒂娜（圖四）邀請他到瑞典。笛卡兒不想離開隱居的生活，但克莉絲蒂娜皇后堅持，派一艘軍艦接他來斯德哥爾摩。克莉絲蒂娜每天清晨五點和笛卡兒上課，嚴寒刺骨，笛卡兒不到一年就受風寒引發肺炎，一命嗚呼。

今日法蘭西科學院（圖五a）歷經變遷。十七世紀巴黎學界名人的聚會在梅森去世後，改在國務會議參事蒙特摩（Montmor）的家裡舉行。蒙特摩向柯爾貝爾（Jean-Baptiste Colbert, 1619-1683）進言，請求資助這群科學家的活動。一六六六年，柯爾貝爾贊助這批學者，定期在皇家圖書館開會，國王路易十四（圖五b）命名爲巴黎皇家科學院（Académie royale des sciences de Paris），優秀者由國王支付津貼，院長由國王委派，院士也由國王審查核定。成立

圖五b：路易十四
（Louis XIV, 1638-1715）

之後，開始籌建巴黎天文台，迅速完工，成爲科學院實體落成的標誌。天文台除了進行天文觀測，也成爲科學活動的場地，內設會議室、化學實驗室，以及存放所有自然史物種標本的空間。

在路易十四正式制定的科學院章程中，科學院成爲皇家常設諮詢機構的性質，行政事務由終身祕書（Permanent Secretary）掌管，負責分配任務、報告科學院的年度成就，以及撰寫逝世院士的頌辭等。法蘭西學會的其他學院也都採取類似制度。例如一七五四年被選爲法蘭西學院院士的達朗貝爾（Jean le Rond D'Alembert, 1717-1783），於一七七二年起擔任學院的終身祕書。

達朗貝爾除了在科學研究有貢獻，更提拔後進，所謂玉在匱中求善價，釵於奩內待時飛，由於達朗貝爾這位伯樂，許多千里馬受到重視，例如他在一七七三年推薦拉普拉斯成爲科學院副院士。拉普拉斯研究天體力學，推導出著名的拉普拉斯方程式。一七八五年他被選爲科學院院士，並於一七九九年出版了巨著《天體力學》，被譽爲法國的牛頓。有一次拿破崙發現《天體力學》隻字未提上帝，就問拉普拉斯理由安在。拿破崙說：「拉普拉斯先生啊，你的著作爲何沒有提到上帝？」拉普拉斯很自滿地回答：「我不需要那個假設（Je n'avais pas besoin de cette

圖六a：拉格朗哲
（Joseph Lagrange, 1736-1813）

hypothèse-là）。」拿破崙將這句話告訴另一位科學院院士拉格朗哲（圖六a），拉格朗哲有相反看法，說：「這是個好假設！它可以解釋許多事情（Ah! c'est une belle hypothèse; ça explique beaucoup de choses）。」

法國的學術活動在路易十四時代蓬勃發展，巴黎皇家科學院一度被國王和貴族把持，例如柯爾貝爾在一六六七年也成爲法蘭西學術院院士，而一些眞正有才能的法國科學家被拒於門外。到了一九七三年，法國政治動盪，學術組織幾乎被終止。路易十四猶如清朝的乾隆皇帝，將國家推向鼎盛，也耗盡國家資源。他對歷史有相當影響。其子孫路易十五（Louis XV, 1710-1774）及路易十六（Louis XVI, 1754-1793）都不如乃父（乃祖），執政時民不聊生，如同《水滸傳》中一首詩的描述：「赤日炎炎似火燒，野田禾稻半枯焦。農夫心內如湯煮，樓上王孫把扇搖。」路易十五執政後期，每日三瓦兩舍，風花雪月，糜爛宮廷，雖然得以善終，但他也有自知之明，預言道：「在我之後，洪水將至（Après nous, le déluge）」。路易十六和明熹宗朱由校一樣，都是出色的工匠，但身爲國家領導人，兩個人的表現都不及格。路易十六喜愛機械，發現斷頭台的刀閘是平刃的，效率較低，將之改良爲斜刃。數十年後，法國大革命爆發，他上了自己改

圖六b：拉瓦節
（Antoine-Laurent de Lavoisier, 1743-1794）

良過的斷頭台，尊頭被砍下來。法國大革命時期，巴黎科學院被視爲舊制度王權的象徵，與其他科學組織一起被解散。很多院士遭受迫害。一七九四年三月，法蘭西學術院院士孔多塞（Marie Jean Antoine Nicolas de Caritat, marquis de Condorcet, 1743-1794）死於獄中。孔多塞崇拜伏爾泰，是共和政體最早的倡導者之一，只因爲反對處死路易十六，被歸類爲反叛者，入監時痛苦地自殺。同年五月，近代化學之父拉瓦節（圖六b）被送上斷頭台。拉瓦節二十五歲時就被選爲科學院院士，成就泄同儕。拉瓦節死後，拉格朗哲惋惜道：「他們只用一瞬間就砍下了這顆腦袋，但是再過一百年他們恐怕也無法得到同樣傑出的腦袋了。」

一七九五年國民公會將巴黎科學院和其他被取消的文化學術團體加以整合，成立國家科學與藝術學院（Institut National des Sciences et des Arts），此時法國的科學家們專注於軍事相關的前瞻科技，製硝石、造火器、鑄火砲來支援革命，因此軍事科學家如拿破崙（圖七）也在一七九八年被選爲院士，歸類於機械藝術（Mechanical Arts）。國家科學與藝術學院經過多次改組，包括一八〇五年拿破崙將之遷移到四區學院，直到一八一六年將五個學院（包含科學院）

圖七：拿破崙
（Napoléon Bonaparte, 1769-1821）

圖八：凡爾納
（Jules Verne, 1828-1905）

的組織和機制融入，完成今日「法蘭西學會」（Institut de France）的架構。這段期間學會的名稱改了好幾次，當時的科學院院長塔奎（Philippe Taquet）向我說明，來龍去脈相當複雜，細節就不詳述了。

法蘭西科學院進行許多科學活動，包括先進科技的展示驗證。一八五七年德・馬瑨維勒（Édouard-Léon Scott de Martinville, 1817-1879）發明留聲機（Phonautograph），其紀錄也留存在法蘭西科學院，促成錄音產業在巴黎生根。一九〇三年挪威偉大的作曲家葛利格（Edvard Hagerup Grieg, 1843-1907）到巴黎，將其鋼琴作品錄音於78-rpm的唱盤，雖然品質不是很好，但保存至今，仍能播放。「科幻小說之父」凡爾納（圖八）一生最遺憾的是無緣成爲法蘭西學術院或科學院院士。一八七二年法蘭西學術院授予凡爾納文學獎，給予他的作品高度評價，但他卻未被推選成爲法蘭西學術院院士。凡爾納的晚年不是很愉快，儘管他是那個時代法國最博學的作家，法國主流學術界卻看不起他，令他患得患失，「試問禪關，參求無數，往往到頭虛老」，最後他還是沒有獲得他想要的榮譽。凡爾納的科幻小說影響到眞正的科技發展，包括俄國的火箭之父齊奧爾科夫斯基（Konstantin Eduardovich Tsiolkovsky）都受到他的啓發。

圖九a：巴斯德
（Louis Pasteur, 1822-1895）

微生物學之父巴斯德（圖九a）於一八八一年被選爲法蘭西學術院院士。他倡導疾病細菌學說，發明預防接種的方法，一八六二年被選爲法蘭西科學院院士，於一八六九年成爲英國皇家學會會員。一八八七年被選爲法蘭西科學院終身祕書。巴斯德認爲成功金字塔的三塊基礎是意志、工作，以及等待。

圖九b：阿德爾
（Clément Ader, 1841-1925）

一八九八年阿德爾（圖九b）在法蘭西科學院發表他的飛機發明。阿德爾發明了履帶、海底電線、不同款式的引擎等各式各樣的機器，但他最偉大的發明是飛機。雖然他在一八九〇年成功地進行了第一次飛機駕駛，並於一八九八年在法蘭西科學院報告，飛機的發明卻被列爲國

圖十：維拉德
（Paul Ulrich Villard, 1860-1934）

圖十一：居禮夫人
（Marie Skłodowska Curie, 1867-1934）

圖十二：貝克勒
（Henri Becquerel, 1852-1908）

家機密，直到一九〇六年法國才解密，允許公布他的發明，此時美國的萊特兄弟已經向全世界宣傳了他們的飛行實驗，拔得頭籌，拿走飛機發明者的頭銜。

一九〇〇年維拉德（圖十）發現伽瑪（Gamma）射線。這是極高頻的電磁波，能量強度足以打斷結合細胞分子的鍵結，產生分子的游離，是爲「游離輻射」（Ionizing Radiation），具有累積效應。維拉德於一九〇八年當選法蘭西科學院院士，他的研究啓發了居禮夫人（圖十一）。大家一定認爲，法蘭西科學院院士中應該有女性科學家表率的居禮夫人。令後人驚訝的是，她在獲頒諾貝爾獎的光環下，卻未當選法蘭西科學院院士。居禮夫人學生時代選擇放射性研究作爲博士論文題目。居禮先生認同妻子的研究方向，積極協助她的研究。一八九八年，居禮夫婦從鈾礦石提煉出釙和鐳。一九〇三年居禮夫婦共獲諾貝爾獎。居禮先生因此成爲法蘭西科學院院士，並在

圖十三：法蘭西科學院的鼓號儀隊

大學得到了正式的教授職位。一年內（一九〇六年），居禮先生因交通意外而喪生，享年四十七歲。一九一一年，居禮夫人以一、兩票之差未能當選法蘭西科學院院士，令人跌破眼鏡。但在法國人的心目中，她的評價很高。

一九〇三年和居禮夫婦共獲諾貝爾獎的，還有貝克勒（圖十二）。他觀察到鈾不需要外來的能源（如陽光）也能夠自然產生輻射，因此發現天然放射性現象，與居禮夫婦一同獲得諾貝爾物理學獎。他於一八八九年成爲法蘭西科學院院士，其後成爲終身祕書。

法蘭西科學院舉行典禮時相當隆重盛大，儀隊的穿著是十八世紀的復古風，賓客進場時，鼓號樂手列隊，隊長舉劍致敬，令我受寵若驚（圖十三）。

法蘭西科學院頒獎記

稅收的藝術在於盡可能以最少的嘶嘶聲響來採摘鵝身上最多的羽毛。

（The art of taxation consists in so plucking the goose as to obtain the largest possible amount of feathers with the smallest possible amount of hissing.）

——柯爾貝爾（Jean-Baptiste Colbert）

二〇一四年十一月二十五日下午，我到法蘭西科學院（Académie des Sciences）列席該學院年度大獎（Grands Prix）的頒獎典禮。場地在法蘭西學會（圖一），是一座四合院，內部是矩形廣場，座落於巴黎中央區靠近塞納河南岸，與羅浮宮隔岸相望。法蘭西學會下轄五個學院，包含著名的法蘭西學術院（Académie Française）以及我參訪的法蘭西科學院。

圖一：法蘭西學會（Institute de France）

這幾個學院的關係有點複雜，我先由法蘭西學術院說起。法蘭西學術院於一六三五年由宰相暨樞機主教黎塞留（Armand Jean du Plessis de Richelieu, 1585-1642）創立，經法王路易十三下詔書批准設置。黎塞留是路易十三的宰相，被大仲馬小說《三劍客》形容為奸雄的紅衣主教。其實大仲馬寫得不公平，眞實世界中的黎塞留是優異的政治家。今日法蘭西學會三樓的大會議廳（La Grande Salle des Séances）的大廳後另有一廳，掛了一幅巨大的黎塞留畫像，占據一大片牆面（圖二）。黎塞

圖二：我和法蘭西學會內的黎塞留畫像合照

圖三a：馬薩林
（Jules Cardinal Mazarin, 1602-1661）

圖三b：我和馬薩林的紀念碑
（Cénotaphe du cardinal Mazarin）合照

留一生致力於集中法國君權，興盛國家，並且努力阻止被德意志併吞統一。他樹敵不少，在《三劍客》中是負面角色，被塑造成狡詐而雄才大略的紅衣主教。黎塞留臨終前神父問他：「你會寬恕你的所有敵人嗎（Do you pardon all your enemies）?」他答道：「除了國家公敵之外，我沒有敵人（I have none save those of the State）。」病重時他將權力順利傳承給下一任宰相馬薩林（圖三）。

馬薩林在《三劍客》的續集《二十年後》中被大仲馬消遣，說他是黎塞留的影子，才能卻遠遜黎塞留。其實馬薩林輔佐路易十四（Louis XIV, 1638-1715），替太陽王朝的霸業打下基礎，是有貢獻的。今日有一種深紫藍色稱爲馬薩林藍色（Mazarine Blue），是在紀念他。還有一種蝴蝶Cyaniris Semiargus被稱爲馬薩林藍蝴蝶（Mazarine Butterfly）。一六六一年馬薩林在他

圖四：柯爾貝爾
（Jean-Baptiste Colbert, 1619-1683）

圖五：法蘭西科學院頒獎，佩劍儀隊伺候。

死亡的前三天立下遺囑，捐出所有財產來建立「四區學院」，容納效忠法國王室的六十位年輕人。路易十四的財政大臣兼海軍國務大臣柯爾貝爾（圖四）找了羅浮宮的主要建築師來設計學院的建築。柯爾貝爾是接任馬薩林的幹才，替路易十四建立了稱霸歐洲的經濟基礎。一六八八年學院建築在羅浮宮對面落成。一八〇五年拿破崙一世將法蘭西學會遷移到四區學院中，即是今日我們拜訪的現址。

十一月二十五日下午我和駐法大使受邀參加法蘭西科學院的頒獎典禮。台灣科技部訪問團是少數被邀請觀禮的外賓。進入大廳，看到一群佩劍的法國士兵，列隊歡迎（圖五）。法蘭西科學院院長塔奎（Philippe Taquet）轉頭對我說，士兵們會舉劍致敬，可與之拍照。

穹頂頒獎廳（La Coupole）在法蘭西學會建築的藍色穹頂下，有特別的設計。主席台（圖六的左下方）

圖六：法蘭西學會藍色圓頂下的頒獎場地，我的座位在白框處。

地勢較高，面對圓形排列的座位。座位隨著圓形階梯下降，越靠近圓心越低。背向主席台的是現任院士的座位，面向主席台的第一排（最內圈）是獲獎人的座位。我們被安排在右邊第二排，我的位置在圖六白框標示處，右邊是台法科技獎得獎人許樹坤及Sibuet兩位教授。來參加頒獎前，隨行的科技部同仁陶正統一直警告我，場地的座位很窄，會擠得像沙丁魚般的不舒服。我坐了，卻覺得很舒適。法國人設計椅子坐墊，相當人性化。

由我的座位望向主席台，圖七1是科學院院長塔奎，他負責主持整個頒獎流程。他的右方（圖七2）是科學院終身祕書巴克（Bach），負責介紹得獎人。得獎人站在巴克右方（圖七3）微笑等著領獎。頒獎種類不少，包括奧林匹亞競賽。台法科技獎（Franco-Taiwan Science Prize）是唯一一個法蘭西科學院和國外合頒的獎項。科學院副院長模里耶（Meunier，圖七4）坐在第二層的主席台。模里耶笑著告訴我說，他負責將獎章頒給得獎人，是很愉快的工作（他在二〇一五年成爲科學院院長）。圖七5是現任院士，負責拍手觀禮。主席台背後是拿破崙的全身大理石雕像（圖七6），君臨天下地觀看頒獎過程。這座拿破崙的大理石雕像（圖八）是一八〇七年洛蘭（Philippe-Laurent Roland, 1746-1816）的作品。拿破崙因爲軍事科技而當選科學院院士，其實他也是管理長才，將法國公務員的階層，以軍隊組織方式

圖七：法蘭西科學院的頒獎典禮

圖八：拿破崙的全身大理石雕像
（Napoleon Empereur's Statue）

架構分明，統一薪資、考核，以及升遷的管理。今日法國龐大的公務員系統奠基於此。拿破崙在一八〇八年制定了中學的畢業會考（Baccalaureat），確保進大學和師範學院的學生有一定的程度。這套教育制度延續到今日。

二〇一四年十一月二十六日下午，我們在法蘭西學會特別再舉行台法科技獎的頒獎儀式，由法蘭西科學院院長塔奎和我共同主持。我得坐在主席台上致詞，最煩惱的是開場白，需先提起在場重量級人士的名字。法文名字以英文拼音，一定念錯，事先趕緊請教他人。駐法辦事處的同仁都很好心地教我如何發音，但每個人的發音又不盡相同，我反而搞糊塗了。典禮前三十分鐘，科技部的同仁張桐恩特別在一張小紙條寫下名字的音標，我就以此爲準，硬著頭皮上場。

頒獎儀式在三樓大會議廳（Graude Salle des Seances）舉行。會議廳有三層樓高，牆壁掛滿法國科學家前輩們的雕像（圖九 a）。塔奎和我坐在主席台中央，法蘭西科學院的永久祕書巴克以及呂慶龍大使坐在兩旁（圖九 b）。塔奎致詞完，輪到我說話。很小心地將法文人名念完，似乎

圖九a：頒獎儀式在三樓大會議廳（Graude Salle des Seances）的前廳舉行

圖九b：主席台由左至右為巴克、塔奎、林一平、呂慶龍（駐法大使）

沒差錯，台下法國人頗滿意我的發音，頻頻點頭嘉許，正鬆一口氣時，忽然腦子一片空白。原來我忙著背人名，竟然忘了準備致詞稿。只好臨機應變，脫稿演出。我說，許樹坤教授維持中國文化傳統，尊師重道，完成博士學位後，仍然和指導教授Sibuet合作研究，因此有今日的成果。台下法國人聽了，會心一笑。接下來呂大使致詞，展示他的絕技，拿出布袋戲玩偶表演。呂大使擅長布袋戲外交，法國觀眾沒見過這種仗陣，個個聚精會神，睜大眼睛觀賞拍照。

頒獎典禮結束後有慶祝酒會，期間有媒體來訪問我，我針對台法科技獎的重要性發表說明（圖十a）。訪問完，頭一抬，發現牆壁上嵌入了法國詩人拉封丹的大理石雕像（Jean de La Fontaine, 1621-1695）。拉封丹以《拉封丹寓言》（*Fables choisies mises en vers*）聞名於世。該作品在一六六八年初版，詩風靈活，詞彙豐富，格律多變，以動物喻人，諷刺勢利小人和達官貴人的嘴臉，大受好評。拉封丹在一六八四年當選法蘭西學術院院士。

圖十a：媒體來訪問我，後方是拉封丹雕像

在拉封丹的大理石雕像附近又看到普

桑雕像（圖十b），趕緊過去拍一張照片。普桑是十七世紀法國巴洛克時期重要畫家，開啓古典主義畫派的大師。他主張素描比顏色更重要，形成「普桑畫派」。我凝視普桑雕像時，回想在羅浮宮看到他的代表作《阿爾卡迪的牧人》（*Et in Arcadia ego*），對他的印象更加鮮明深刻。

酒會及媒體採訪結束，巴黎之行亦圓滿完成。二〇一四年十一月二十七日早上，呂慶龍大使陪我到機場。途中他如數家珍地談到布袋戲辦外交。他學了幾個專業布袋戲橋段，只可惜沒學到翻筋斗。他說，翻筋斗除了手勁外，布袋戲偶的衣服也要夠柔軟才行，當中專業知識可不少。呂大使也強調，「外交無小事」。小事沒處理好，就有可能演變成嚴重的外交「大事件」。到達機場，互道珍重，我們就直飛回台灣。

圖十b：我和普桑（Nicolas Poussin, 1594-1665）雕像合照

波克普咖啡館（Le Procope）

圖一：拿破崙（Napoléon Bonaparte, 1769-1821）的軍帽

二〇一四年十一月二十四日我到波克普咖啡館（Le Procope）晚餐，此乃巴黎第一間咖啡館，於一六八六年開店。波克普恐怕也是至今仍然開業的最古老咖啡館。當時一位西西里人柯爾泰利（Francesco Procopio dei Coltelli）覺得可以採用大眾行銷咖啡的方式賺錢，就開了這家咖啡館。進入咖啡館後，看到玄關左側有一櫥窗，櫥內放置一頂法國軍帽。提起此帽來頭大，是拿破崙的軍帽，亦即所謂的波拿巴帽（Bonaparte's Hat，圖一）。據說一七九〇年拿破崙曾

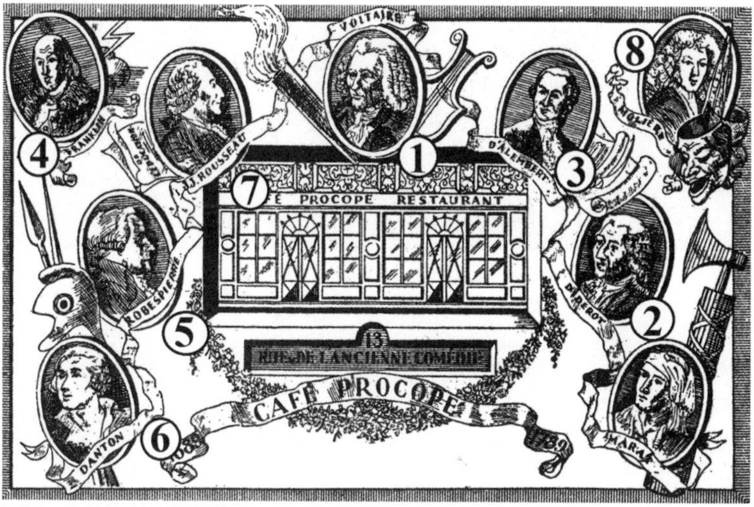

圖二：玄關的名人肖像畫

圖三：伏爾泰
（François-Marie Arouet dit Voltaire, 1694-1778）

在此喝咖啡，忘了帶錢，拿帽子來抵押。大門的右側牆上掛了一張畫，畫了來此一遊的名人們的人頭肖像（圖二）。我細看畫中人物，心中一震，名人們的來頭眞不得了。

最常在此地一邊喝咖啡、一邊寫作的名人是伏爾泰（圖三）。這位出生於巴黎的作家，一輩子發自內心，眞誠地以文學創作來敘述巴黎這座城市。他的作品場景包括法國學術學院（French Academy）、法國劇院（Comédie-

▲圖四a：伏爾泰使用過的桌子；▼圖四b：伏爾泰的手稿

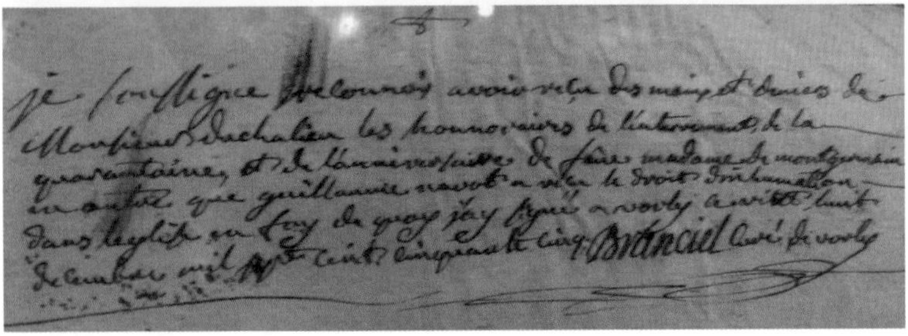

Française），以及波克普咖啡館等地。因此這家咖啡館到處有伏爾泰的墨寶及蹤跡。我走上二樓，不小心在二樓的樓梯出口處撞到一張桌子。仔細一瞧，這是伏爾泰用過的古蹟，撞壞了可不得了（圖四a）。二樓牆上到處是伏爾泰信手捻來，字跡潦草，幾乎退色的草稿（圖四b），當中有一張的句子寫著：「女人就像風車一樣，一停下來就會生鏽。」「文明」的現代意涵肇始於伏爾泰在他的時代的觀察與紀錄。他認爲路易十四象徵歐洲文明在十七世紀所能達到的最高水準。他也看到，在彼得大帝的領導下，俄羅斯由野蠻國家邁向文明。他對彼得大帝的讚美，讓普魯士的腓特烈大帝頗爲不悅，拒絕和伏爾泰通信。

伏爾泰以及狄德羅（圖五）等人常在此

圖五：狄德羅
（Denis Diderot, 1713-1784）

圖六：達朗貝爾
（Jean le Rond D'Alembert, 1717-1783）

聚會，高談闊論。他們愛抬槓，讚美一切該受到指責的，而責備一切值得讚美的（to praise everything that is to be blamed, and blame everything that is worthy of praise），可謂「假作眞時眞亦假，無爲有處有還無」。在那世紀，波克普咖啡館成爲許多智慧思想的肇始處，以及八卦消息的交換地點。狄德羅是法國啓蒙思想家，被視爲現代百科全書的奠基人，最大的成就是主編《百科全書》，由波克普咖啡館另一位常客達朗貝爾（圖六）擔任副主編。狄德羅大概在此處喝咖啡時想到百科全書的點子，他也在咖啡館的餐桌上寫了一系列關於消費社群危險（Dangers of Consumer Ssociety）的摺頁冊。達朗貝爾是多面向的科學家，在數學、力學、天文學、哲學、音樂和社會活動方面都有很大貢獻。達朗貝爾的身世很可憐，出生後即被遺棄在巴黎的聖讓—勒—朗（Saint Jean-le-Rond）教堂附近，因此以教堂爲其名。在波克普咖啡館喝咖啡時，狄德羅會找伏爾泰及

圖七a：富蘭克林
（Benjamin Franklin, 1705-1790）

圖七b：傑佛遜
（Thomas Jefferson, 1743-1826）

盧梭聊天，將他們的隨筆、最新知識，以及啓蒙運動的宣言收錄在《百科全書》，有一般常識的人都看得出來，狄德羅的著作是即將發生革命的徵兆。路易十六取消這套書出版的特許令，而教皇也將《百科全書》列爲禁書，讀這本書的人都要開除教籍。然而高壓專制終究抵擋不住革命的洪流。

伏爾泰一整天待在波克普咖啡館，可喝上四十杯加了巧克力的咖啡。而其他人如富蘭克林（圖七a）雖然沒喝那麼多咖啡，也常在館內流連忘返。當年法國是美國唯一的邦交國，富蘭克林擔任駐法大使，在波克普咖啡館起草法美聯盟協議（Franco-American Alliance），打算聯法抗英。富蘭克林開會時大概喝了不少瓶裝的夏布利酒（Chablis）及杯裝的阿摩爾布爾格葡萄酒（Cotes de Bourg）。一七八四年富蘭克林返回美國，由傑佛遜（圖七b）接任駐法大使，他也曾在波克普咖啡館享用果汁冰糕（Sorbet）。傑佛遜和法國的淵源顯然匪淺，奧賽美術館隔一條街道是塞納河河岸，

圖八a：塞納河（Seine Rriver）河岸橋墩上傑佛遜的站立雕像

圖八b：弗里吉亞帽（Phrygian Cap）

有一座横跨河流的橋，橋墩上有傑佛遜的站立雕像，落成於二〇〇六年七月四日（圖八a）。在伏爾泰的啓蒙時代，傑佛遜成爲新世界（美洲）探索方式的代言人之一。傑佛遜出生那一年（一七四三年），富蘭克林召開美洲哲學協會，宣告美洲艱苦的移民時代已結束，應該開始培養並追求精緻的藝術及知識。傑佛遜則於富蘭克林逝世後七年（一七九七年）擔任該協會的主席，傳承其衣缽，成爲精神領袖。

一七九二年弗里吉亞帽（圖八b）首度在波克普咖啡館展示，當時伏爾泰寫的悲劇《布魯特斯》（*Brutus*）在法國劇院上演，結束後觀眾受到鼓舞，挑戰法王政權，戴著弗里吉亞帽走入劇院對街的波克普咖啡館，很快成爲法國大革命期間自由的象徵（Symbol of Liberty）。

圖九：紅色的弗里吉亞帽

弗里吉亞帽是卡通畫中的《藍色小精靈》（*Schtroumpf*）戴的帽子，又稱爲粉紅圓帽（Bonnets Rouge，圖九）。革命黨人如羅伯斯庇爾（Maximilien François Marie Isidore de Robespierre, 1758-1794）及丹敦（圖十）等常在這家咖啡館聚會。丹敦和我同一天生日，早我二百年出生。他善於雄辯，被稱爲「平民演說家」。法國大革命時在恐怖政策的指導下，到處殺人。丹敦主張寬容，結果被羅伯斯庇爾的黨人砍頭。丹敦的遺言是：「把我這樣的頭砍下來示眾，可不是天天都能看到的。」誠可謂：「好事不容君子做，陰謀偏是小人多。世情叵測眞無法，人事如斯可奈何！」羅伯斯庇爾深受盧梭思想的影響，擔任法官時，經常主動爲受到不公平待遇的人們辯護。一七九二年審判法王路易十六，他強烈要求處死國王，當中的著名演講稿是〈路易必須死，因爲共和國必須生〉。丹敦死後幾個月，羅伯斯庇爾也被砍頭，兩個人都於一七九四年被送上斷頭台。法國大革命是「試煉人心」的時代。表面上是好朋友，立場不同時，卻能砍人腦袋，令人感嘆：「糊模世事倏多變，眞至交情久自深。苦問老天顚倒意，大都假此煉人心。」

圖十：丹敦
（Georges Jacques Danton, 1759-1794）

圖十一：盧梭
（Jean-Jacques Rousseau, 1712-1778）

圖十二：莫里哀
（Molière, 1622-1673）

一六八九年法國劇院在波克普咖啡館對街成立，產生群聚效應，有許多戲劇界人士在波克普咖啡館聚集。一七五二年盧梭（圖十一）在他的名劇《自戀》（*Narcisse*）完成前就在此演出。盧梭不甚滿意，公開說：「How boring it all was on the stage.」盧梭對世界文化有深遠影響，和伏爾泰是同一時代的瑜亮，伏爾泰主張的「文明」建立於歷史的觀察，而盧梭則由內省中尋找他的看法。盧梭提出共同利益（Interet General）的概念，成爲政府中央集權的潤滑油。法國將文化及生活習慣不同的各地區人民，以中央集權的方式納入管理，有一致的權利及義務，以符合共同利益。共同利益的體現，就是大仲馬小說的名言：「我爲人人，人人爲我。」附帶八卦一下，盧梭小時候受虐，一輩子尋找母親的形象，也對已婚的女人特別有吸引力。

另一位常客莫里哀（圖十二）是西方文學中最偉大的喜劇作家之一，他在演完《沒病找病》（*Maladie Imaginaire*）

圖十三a：恩格斯
（Friedrich Engels, 1820–1895）

圖十三b：雨果
（Victor-Marie Hugo, 1802-1885）

最後一幕以後，咯血倒下，當晚逝世，享年五十一歲。由於教會阻撓，他的葬禮很少人參加。這位偉大的作家，作品不容於當道，被認爲滿紙荒唐，不禁讓人感慨：「滿紙荒唐言，一把辛酸淚！都云作者痴，誰解其中味？」據說莫里哀的幽靈仍反覆出沒於波克普咖啡館，大概是法國人對他念念不忘，招魂所致。

一八四四年馬克思（Karl Marx, 1818-1883）和恩格斯（圖十三a）第一次會面，據說就是在波克普咖啡館暢飲苦澀的羅納河谷葡萄酒（Cotes du Rhon）；今日您只要花五歐元，可喝到相同飲料。恩格斯相當推崇馬克思，說：「馬克思發現了人類歷史演化的法則，就像達爾文發現了生物界演化的法則。」大文豪雨果（圖十三b）也曾到波克普咖啡廳。遙想有這麼多歷史名人曾在這家咖啡館聚集，我的感覺頓時不同。看著菜單，前菜是半打頂級的貝隆生蠔（Belon

Oysters，瞄一下價錢，是二四・三歐元），以及巴黎最好的紅燒鷓鴣（Roasted Red Partridge，價錢是三十六歐元）。還有以黎塞留爲名的餡餅（pate en croute，價錢是十二・三五歐元）。黎塞留是大仲馬小說中的紅衣主教，以足智多謀著稱。我點了最喜歡的法國蝸牛（圖十四），盛放蝸牛的盤子，右方有波克普咖啡館的圓圈商標，虛榮心作祟下，吃得津津有味。喝洋蔥湯時，遙想雨果在波克普咖啡館寫《悲慘世界》（*Les Miserables*）時喝相同的湯，還燙到舌頭呢。波克普咖啡館風格獨創，充滿了歡笑、娛樂及高明的廚師，這頓晚餐享用得非常有文化氣息，盡歡而歸。

圖十四：蝸牛餐

鱈魚岬與五月花

Cape Cod is the bared and bended arm of Massachusetts...the sandy fist is at Provincetown.

——梭羅（Henry David Thoreau）

圖一：梭羅
（Henry David Thoreau, 1817-1862）

我高中一年級時在台中的美國新聞處翻閱到梭羅（圖一）的作品，某一次看到他寫的一本書《鱈魚岬》（*Cape Cod*），印刷古典，相當喜愛，想像遙遠的鱈魚岬美景。二〇一四年我終於來到美國東北部鱈魚岬的普羅文斯鎮（Provincetown）。鱈魚岬是一塊伸入大西洋的狹長彎曲半島，普羅文斯鎮則位於海岬的最尖端，像是鱈魚岬伸出的拳頭，因此梭羅稱它爲沙質的拳頭（Sandy Fist）。

普羅文斯鎮是賞鯨的熱門景點，因此在普羅文斯港口（Provincetown Harbor）有鯨魚地標（圖二）。普羅文斯鎮最聞名於世的故事是五月花號（Mayflower）的登陸。一六二○年，英國的維吉尼亞殖民公司（Virginia Company）安排五月花號帆船帶著一百多名清教徒（Puritans）移民到北美洲，目的地是現在的紐約曼哈頓，卻不幸遭到海上風暴，偏離了航道，最後漂泊到鱈魚岬的普羅文斯鎮登陸。

今日普羅文斯港口還有一個大船錨，大概在紀念五月花號在此下錨的史實（圖三）。此地並非維吉尼亞公司指定的殖民

圖二：普羅文斯港口（Provincetown Harbor）的鯨魚地標

圖三：普羅文斯港口的大錨

地，公司無法負責管理。這群「無主」的流民經過激烈的討論、協商，最後制定了上岸定居所應遵守的行爲準則，亦即「五月花號公約」（Mayflower Compact）。這是美國第一個自治公約，代表著「人民可以自己來決定自治管理的方式，而不再由任何強權（王權）來決定。」這個以民主取代王權與神權統治的信念成爲美國建國的精神，對美洲歷史有極大影響。普羅文斯鎮中心有一個「朝聖紀念碑」（圖四），紀念「五月花號公約」的簽署。

我和普羅文斯鎮的老人家聊天，據他們告知，早年此處的鱈魚多到人們可以踩著魚背在海面行走，雖是明顯誇張的說法，但是也說明了當年的鱈魚數量驚人。

圖四：「朝聖紀念碑」（Pilgrim Monument）

一六二五年起北美移民捕獲大量的鱈魚，鱈魚製品跨越大西洋，源源不斷地提供到歐洲，成爲一個國際貿易中心。鱈魚對於早期美洲人生活的重要性，可由第一批美國錢幣的鱈魚標誌窺知一二。鱈魚以及周邊的產業讓新英格蘭殖民區的經濟獨立，不再需要宗主國的補給。翅膀硬了，就想擺脫英國，而英國則堅持「航海法案」（The Navigation Acts），規定所有英國殖民地的人們只能向英國販賣他們的貨物，不准直接對外貿易，雙方談判兜不攏，成爲觸發美國獨立的原因之一。

五月花號移民帶來的另一個重要貢獻是美國的感恩節（Thanksgiving Day）。這群移民於一六二〇年在普利茅斯建立殖民

圖五：海爾
（Sarah Josepha Buell Hale, 1788-1879）

地，苦熬寒冬，幸好當地的印第安人非常友善，教他們狩獵耕作。一六二一年的秋天，很幸運大豐收，移民們邀請印第安人共享大餐以示感恩。一七八九年，華盛頓總統宣布將十一月二十六日訂爲感恩節，但是各州仍是各自挑喜歡的日子慶祝。海爾（圖五）是將感恩節統一爲固定國家節日的大功臣，因此被譽爲「感恩節之母」（Mother of Thanksgiving）。海爾曾向歷任美國總統請願，希望感恩節能成爲國定假日，卻沒人理會。到了一八六三年，海爾仍不死心，又向林肯總統請願。此時南北戰爭打得如火如荼，國家分崩離析，林肯想到，以統一的國定假日加強人民向心力是一統江湖的好主意，立刻接受請願，要求各州統一將十一月的最後一個星期四定爲感恩節，理由冠冕堂皇：「如此我們可以團結在一起，眞誠謙卑地向上帝感謝祂無微不至的關懷和保護這個國家（we may then all unite in rendering unto Him our sincere and humble thanks for His kind care and protection of the people of this country）。」

今日感恩節必備火雞大餐，但根據考證，一六二一年吃的是鹿肉（Venison）而非火雞。火雞是海爾在她的小說《諾斯伍德》（*Northwood*）提及火雞後，才變成感恩節大餐的主菜。火雞是我小時候很熟悉的家禽，當時住在雲林縣貧瘠的麥寮鄉下，家中養了價格便宜的火雞，天天在火雞群廝混，學火雞叫，維妙維肖。台灣的火雞肉比雞肉便宜，「嘉義雞肉飯」的食材就是火雞肉，價美物廉。台灣最早的火雞可能於一六二四年後由荷蘭人傳入，而今日的台灣火雞主要來自美國進口的火雞蛋所孵化。美國火雞是北美野生的鳥禽，富蘭克林曾寫信給女兒，認爲火雞比白頭鷹（Bald Eagle）更值得尊敬，美國的國鳥應該是火雞，而不是白頭鷹，但是大夥都覺得火雞蠢蠢的不會飛，還是選擇白頭鷹比較明智。於是白頭鷹在一七八二年成爲美國國鳥。其實北美野生火雞是會飛的，馴養後才飛不起來；即使是我麥寮老家的火雞，逼急了也會飛。讀者諸君能想像美國國徽（圖六）由白頭鷹變成火雞嗎？有趣的是，每年的感恩節，白宮會赦免一隻火雞（Pardoning the Thanksgiving Turkey），根據已有的照片檔案，這個傳統似乎緣起於一九六三年十一月十九日，甘迺迪總統（John Fitzgerald Kennedy, 1917-1963）赦免了第一隻火

圖六：美國總統印章的白頭鷹國徽

雞，不砍雞頭，說：「我們讓這隻火雞繼續走下去吧（Let's Keep him going）。」甘迺迪沒有機會赦免第二隻火雞，因爲過不了幾天他就被暗殺了。當甘迺迪赦免火雞時，第一夫人賈桂琳（Jacqueline Kennedy, 1929-1994）並未在場觀禮，因爲三個月前她的小兒子去世，賈桂琳傷心，不願在公眾場所露面。甘迺迪被暗殺後五年，甘迺迪的弟弟在競選總統時又被暗殺，賈桂琳嚇壞了，認爲甘迺迪家族已經成爲暗殺的目標，決定離開美國。

美國人好客，感恩節時會邀請單身朋友到家中共享大餐。我在美國念書時就曾躬逢其盛，被邀請吃飯。最苦惱的是吃火雞肉，主人好客，一定將最大塊的雞胸肉切給你，其實雞胸肉沒有雞腿好吃。不過感恩節大餐一定有用奶油烤過的玉蜀黍，這才是我的最愛。娶妻生子後，自己也搞感恩節大餐，邀請友人共享。此時另有煩惱，因爲火雞太大隻，一定吃不完，至少要一個星期才能將整隻火雞消耗完畢。這時太太就得使出十八般武藝，變花樣加工料理，天天以不同風味呈現火雞餐，讓我的體重直線上升。在美國漂泊十年，深深感受到感恩節的團圓氣氛。記得某次感恩節夜晚，我抱著三歲的女兒，爲她念美國作家凱茲（Bobbi Katz, b.1933）的童詩 A Thanksgiving Thought：

The day I give thanks for having a nose

Is Thanksgiving Day, for do you suppose
That Thanksgiving dinner would taste as good
If you couldn't smell it? I don't think it would.
Could apple pie baking – turkey that's basting
Not be for the smelling? Just be for tasting?
It's a cranberry-cinnamon-onion bouquet!
Be thankful for noses on Thanksgiving Day.

我一邊念著，女兒鼻子也斷斷有聲地吸著空氣，聞到了媽媽準備感恩節晚餐的美味。此時心中甚覺溫馨，感恩之情，油然而生。

每當感恩節來臨，小學就會教唱和感恩相關的歌曲來營造節日氛圍，如〈小小清教徒〉（Little Pilgrim），每當女兒放學回家哼這首歌，我就知道要過感恩節了。在舞台上以獨特的扭臀動作聞名於世的搖滾樂之王普利斯萊（圖七）也唱感恩節的民歌〈豐收的節日：第一次感恩〉（Harvest Feast : First Thanksgiving），風靡許多女聽眾。普利斯萊被暱稱貓王（The Hillbilly Cat），因爲他演唱情歌時，總會吸引一堆女性歌迷，就像公貓會吸引一堆母貓。其實

圖七：普利斯萊
（Elvis Aaron Presley, 1935-1977）

圖八：杜米埃
（Honoré Daumier, 1808-1879）

他唱感恩的歌曲時，一樣吸引人。

最後我談一個關於鱈魚岬的插曲，二〇一四年我沿著六號公路往北走到鱈魚岬的普羅文斯港，途中經過一個小鎮奧爾良（Orleans），當地人說法國皇帝未登基前是奧爾良公爵（Duke of Orléans），曾到此一遊，因此小鎮命名爲奧爾良。我查了奧爾良鎮的歷史，成立於一七九七年，當時的鎮民拒絕用英文命名，因爲在美國獨立戰爭時這個小鎮有兩次被英國占領，大家都不喜歡英國，決定用奧爾良這個法文來命名這個小鎮，並紀念奧爾良公爵。奧爾良公爵是誰？有人說是路易・菲利普二世（Louis Philippe Joseph d'Orléans, 1747-1793），有人說是路易・菲利普一世（Louis Philippe I, 1773-1850），奇妙的是，「二世」竟然是「一世」的爸爸，看得我霧煞煞。菲利普一世曾於一七九七年來到鱈魚岬，或許有參加奧爾良鎮的掛牌典禮，因此我合理推論，奧爾良鎮是以菲利普一世命名。他於一八三〇至一八四八年當上了法國國王，自道訪問美國三年的經驗影響了他當國王時的政治信仰和判斷。不過還是有許多人討厭菲利普一世。二〇一三年底我到法國巴黎參觀奧賽美術館（Musée d'Orsay），看到杜米埃（圖八）的作品，當中有不少漫畫在諷刺路易・菲利普一世，而杜米埃也付出代價，吃了半年的牢飯。一八三一年杜米埃的朋友畫了菲利普一世的《變臉四部曲》，由人臉變成梨子，諷刺他的人氣「梨」掉了，越來越差。杜米埃的朋友為此被抓去關，而杜米埃則重畫《變臉四部曲》刊登於雜誌讓大眾欣賞。菲利普一世的歷史評價不佳，一八四八年被趕下台。

哈德遜河的黑騎士（The Black Knights of the Hudson）

I want an officer for a secret and dangerous mission. I want a West Point football player.

——馬歇爾（George Catlett Marshall, Jr.）

一九九〇年至一九九四年的夏天我常常攜家帶眷由紐澤西北上到紐約州的西點軍校觀賞軍樂隊的表演。自一八一七年起，西點軍校在音樂季節的每個星期日傍晚舉辦演奏會，地點是獎杯角的圓形露天劇場（圖一）。獎杯角向南鳥瞰哈德遜河谷，風景秀麗。在演奏會開始前，我們就在草地上野餐，小朋友們則追跑嬉戲，一家人怡然自得（圖二）。演奏的音樂相當多元，由古典音樂到爵士樂。在音樂季結束的星期日，依照傳統，軍樂隊會特別演奏柴可夫斯基（圖三a）的《1812序曲》（*1812 Overture*），最大的特色是，以加農砲（Cannon）的砲聲代替定音鼓，並同時施放煙火，達到高潮，聽眾們大呼過癮。

圖二：群眾在圓形露天劇場前的草地上野餐嬉戲，等候開演。

圖一：獎杯角（Trophy Point）的圓形露天劇場（Amphitheater）

圖三a：柴可夫斯基
（Pyotr Ilyich Tchaikovsky, 1840-1893）

軍校校園在曼哈頓北方約五十英里的西點（West Point）。校址位於該地區的制高點，我們沿山路開車時可以看見校舍的屋頂，竟然有塗鴉寫著大標語：「擊沉海軍，打落空軍」（Sink Navy，Down Air Force），在西點，海陸之爭四處可見，例如「加油陸軍!打倒海軍!」（Go Army! Beat Navy!）這一類的標語，激勵學生的競爭及榮譽心。在貫通校園的華盛頓路（Washington Road）的地下通道更命名爲「打倒海軍地下通道」（Beat Navy Tunnel），令人會心莞爾。在西點博物館（圖三b），我看到了華盛頓及希特勒用過的手槍，以及拿破崙的長劍，好像親眼見

圖三b：太太和女兒在西點博物館（USMA West Point Museum）前

到這些作古的名人。

西點軍校（The United States Military Academy at West Point）以「責任、榮譽、國家」（Duty, Honor, Country）爲校訓，是美國第一所軍事學校，位於哈德遜河西岸「S」彎處高地，具有掌控河運的戰略地位，因此美國獨立戰爭時華盛頓（George Washington, 1732-1799）在西點建築堡壘以阻擋英國海軍的入侵。堡壘的架構是由考斯俄茨科（圖四）於一七七八年設計。考斯俄茨科是有遠見的軍事家，屢次向傑佛遜（Thomas Jefferson, 1743-1826）強調成立軍官學校的重要性。一八〇二年傑佛遜總統指定在西點成立美國軍事學院（United States Military Academy，USMA），考斯俄茨科還特別爲西點軍校寫了一本教科書。

圖四：考斯俄茨科
（Tadeusz Kościuszko, 1746-1817）

考斯俄茨科堅持美國必須成立軍官學校的想法源於波蘭的騎士學校（Royal Knights School）。他出生於波蘭，而其祖先則是立陶宛貴族。一七六五年波蘭－立陶宛聯邦的國王斯坦尼斯瓦夫二世（Stanislaw August Poniatowski, 1732-1798）成立騎士學校，專門培養軍官。考斯俄茨科於一七六五年入伍，一七七二年俄羅斯、普魯士和奧地利第一次瓜分波蘭－立陶宛，獲得大片領土，騎士學校被解散，軍隊容不下考斯俄茨科，只好離開家鄉，輾轉來到美洲參與美國獨立戰爭，投靠大陸軍（Continental Army），擔任總工程師。美國獨立成功後，考斯俄茨科回到波蘭抵抗俄羅斯的入侵。他每仗必勝，擊退了在數量上遠勝於波蘭軍隊的敵人，但國王斯坦尼斯瓦夫二世卻投降，考斯俄茨科只好於一七九二年再度逃離波蘭。一七九五年斯坦尼斯瓦夫二世簽函正式退位，國家被瓜分。二〇一四年我親眼在立陶宛國家博物館看到他簽署退位書時的桌子，桌上放了一隻斷刃的劍柄，讓人想像當年的斯坦尼斯瓦夫二世，踽踽涼涼，頭上髮愁中白。斯坦尼斯瓦夫二世不成材，而考斯俄茨科則爲世人敬重，西點人在一八二八年爲他樹立了紀念碑。

圖五a：泰爾
（Sylvanus Thayer, 1785-1872）

一八一七至一八三三年，泰爾（圖五a）擔任校長，將土木工程設置爲學校主要課程，這個期間的畢業生修建了美國早期大部分的基礎建設，包括鐵路、橋梁、港口和公路。例如主持巴拿馬運河工程的哥索爾斯（George Washington Goethals, 1858-1928）是一八八〇年的畢業生，而西雅圖的巴拉德水閘門（Ballard Locks）則是由一八八四年的畢業生奇滕登

（Hiram Martin Chittenden, 1858-1917）所建造。泰爾最早約束軍校生不准欺騙。這個要求逐漸發展，尤其經過麥克阿瑟的強化，最後在一九四七年正式成爲軍校生榮譽準則（Cadet Honor Code）：「軍校生不可撒謊、欺騙、偷竊，也不可容忍做這些壞事的人（a cadet will not lie, cheat, steal, or tolerate those who do）。」泰爾設計的課程也一直沿用到今日，被譽爲軍校之父（Father of the Military Academy）。學校爲他豎立了泰爾紀念碑（圖五b）。我在素描泰爾時，觀察到他的帥氣，頭髮捲曲，特徵鋒利，有稜有角，表情嚴肅，相當冷，也相當酷，圖五a的素描無法掌握這些特質。

西點軍校也和文學家頗有淵源。狄更斯（圖六a）於一八四一年來訪問，印象頗佳，他說：「It could not stand on more appropriate ground, and any ground more beautiful can hardly be.」稱讚西點這塊風水寶地。另一位文學巨擘愛倫坡（圖六b）於一八三〇年入學西點軍校，於一八三一年被開除。愛倫坡可謂泰爾校長最有名的挫敗。泰爾一生未婚，將學生當成自己的小孩，培育他們成爲正直的軍人。愛倫坡這個年輕的孤兒集合了詩人、夢想家、賭徒及酒鬼的特質於一身，實在不適合當軍校的學生。他以寫諷刺詩聞名於西點軍校，泰爾校長同意他出版詩集，並且允許軍校生訂閱，讓貧窮的愛倫坡賺外快，貼補生活費。然而愛倫坡常犯校規，最後被開除學籍。愛倫坡回憶在軍校的日子，說：「這段日子短暫但喧囂（short, yet

圖五b：泰爾紀念碑（Thayer Monument）

圖六a：狄更斯
（Charles John Huffam Dickens, 1812-1870）

圖六b：愛倫坡
（Edgar Allan Poe, 1809-1849）

tumultuous）。」這位詩人認爲除了他對泰爾校長的仰慕外，西點軍校沒啥好事。

西點軍校的入學並不容易，例如著名詩人桑德堡（Carl August Sandburg），年輕時參加美西戰爭，一八九九年退伍時獲准有條件入學西點軍校。入學考試時，沒通過數學及英文文法兩個科目。他於一九〇二年入學隆巴學院（Lombard College），終於成爲美國有名的作家。

在一八五〇年以前的西點軍校被稱爲老西點時代（Old West Point Era），培養出老一輩的將才，包括羅文（Andrew Rowan, 1857-1943）、卡斯特（George Armstrong Custer, 1839-1876）、李將軍（Robert Edward Lee, 1807-1870）、傑克森（Stonewall Jackson, 1824-1863）、戴維斯（Jefferson Davis, 1808-1889）、格蘭特（Hiram Ulysses Grant, 1822-1885）及雪曼（William

Tecumseh Sherman, 1820-1891）。這群畢業生經過墨西哥戰爭的洗禮後，成爲優異的軍人。而南北戰爭則像是西點軍校的「師對抗」演習，因爲敵對雙方的指揮官幾乎都是西點軍校的畢業生，南軍主帥李將軍更擔任過西點軍校的校長。有趣的是，美國西部拓荒傳奇人物克羅克特（David Crockett, 1786-1836）卻對西點軍校嗤之以鼻，一八三〇年在擔任國會議員時提議要西點軍校關門大吉，因爲他覺得軍校生嬌生慣養，納稅人的錢都浪費在有錢人的兒子身上了。

南北戰爭後是西點軍校的新時代，開始考慮軍事現代化，在第一次世界大戰時產生了美國最高官階的特級上將（General of the Armies）皮爾辛（圖七 a）。一八九五年時他仍然是少尉，在第十騎兵隊服務。這個部隊很特別，由非裔美籍士兵與白人軍官所組成。皮爾辛很受到非裔士兵的擁戴，而白人同僚卻不支持他，諷刺他爲「黑鬼傑克」（Nigger Jack），直到第一次世界大戰時才改稱他爲「黑桃傑克」（Black Jack）。

圖七a：皮爾辛
（John J. Pershing, 1860-1948）

一九一七年美國對德國宣戰，最初只負責支援法國與英國。一九一八年九月，皮爾辛指揮軍隊，發動美國在歐洲首次的主要獨立攻擊行動。因爲皮爾辛的行動，第一次世界大戰比預期提早結束。他建立了美軍憲兵制度（United States Military Police），也改進了士兵的戰鬥靴，稱爲

圖七b：戴高樂
（Charles André Joseph Marie de Gaulle, 1890-1970）

Pershing Boot。二戰末期，皮爾辛訪問自由法國的戴高樂（圖七b），當時他已是老眼昏花，頭腦不清，竟然問戴高樂：「貝當元帥近來可好？」貝當（Philippe Pétain, 1856-1951）被視爲法國的叛國賊，皮爾辛問得實在不得體。戴高樂只好說：「上次我見到元帥時，他還安好（when I last saw him, the Marshal was well）」。皮爾辛固然戰功彪炳，他的部下包括麥克阿瑟可不太佩服他，認爲他是「Desk Solider」，不與士兵在前線並肩作戰，而是在後方指揮。針對領導統御，皮爾辛有如此說法：「要讓你的部屬有最佳的表現，必須先讓他們感受到你是他們眞正的領袖，同時讓他們知道可以依賴你（To get the best out of your men, they must feel that you are their real leader and must know that they can depend upon you.）」西點軍校教皮爾辛基本的領導元素，而他將這些元素融入生活，以親身體驗延展這些元素，逐漸成爲他統御的哲學基礎。

歲月使皮膚起皺紋，放棄使靈魂起皺紋。
（Age wrinkles the body. Quitting wrinkles the soul）
——麥克阿瑟（Douglas MacArthur）

麥克阿瑟（圖八）於一九一九年成爲西點軍校最年輕的校長，被譽爲「現代軍事教育的奠基者」。他強調歷史及人文的學習，設立歷史系，系上的教授常洋洋得意地說：「我們教的歷史大部分是由我們教的學生所創造（Much of the history we teach was made by people we taught）。」

麥克阿瑟也堅持重視體育。他說：「經由田徑場上友好競賽所播下的種子，未來會在其他領域長出勝利的果實（Upon the fields of friendly strife are sown the seeds that, upon other fields, on other days, will bear the fruits of victory）。」他要求每一個軍校學生都是運動員，每一個運動項目都要突破自己、堅持到底，成爲西點軍校的優良傳統精神。西點軍校的「打倒海軍地下通道」（Beat Navy Tunnel）是海陸兩軍兄弟足球賽競爭的體現，正是麥克阿瑟對學生的期待。西點軍校的足球隊號稱哈德遜河的黑騎士（The Black Knights of the Hudson），因爲足球隊員

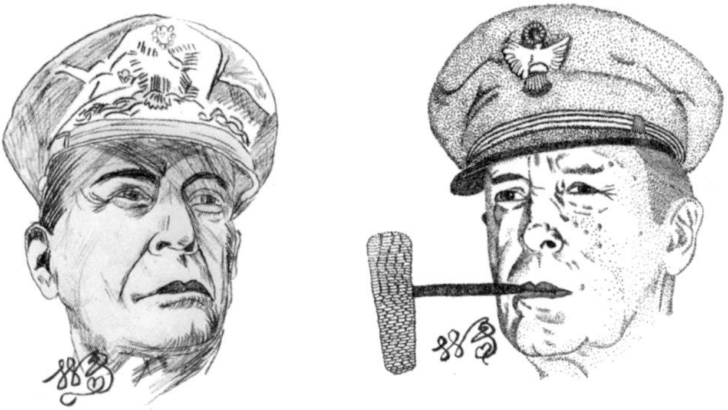

圖八：麥克阿瑟（Douglas MacArthur, 1880-1964）

穿黑色的制服。麥克阿瑟也將軍校學生傳統的榮譽系統，強化成爲校方正式規則。一九六二年西點軍校校友會（Association of Graduates）頒贈泰爾獎給麥克阿瑟，之後他對軍校生給了著名的「責任、榮譽、國家」演說（The Duty, Honor, Country Speech）。那一天的頒獎人是負責主導原子彈計畫的格羅夫斯（Leslie Richard Groves, Jr, 1896-1970），時任校友會長。爲了紀念麥克阿瑟的功勞，西點人豎立了他的銅像。

西點軍校的校園內設有公墓（West Point Cemetery），這裡埋葬了軍校著名的學生及教師，包括泰爾校長、卡斯特以及史考特（Winfield Scott, 1786-1866）。西點軍校傳統哥德式建築是軍校生教堂（Cadet Chapel），擁有全世界最大的教堂管風琴，每年的畢業典禮往往會看到穿白紗的新娘子等著要進教堂結婚。原來學校規定，新生必須單身，而修業期間也不准學生結婚，以免影響課業，因此很多人憋到畢業後趕緊進教堂完婚。軍校生是穿軍服結婚的，畢業後不必換衣服，直奔教堂完成終身大事，倒也方便。婚禮結束，步出禮堂時，門口會站兩排衛兵，舉劍致敬，我在旁觀禮，也感同身受，相當過癮。

西點軍校極重視師生及校友的光榮事蹟。校友的豐功偉業都會予以紀念，激勵後人。除了前面提到的考斯俄茨科、泰爾、麥克阿瑟、皮爾辛之外，西點軍校的紀念碑絕對少不了華盛頓。西點軍校的主建築華盛頓大樓（Washington Hall）前豎立了華盛頓的騎馬雕像（圖九a），左手執帽握

圖九a：西點軍校的華盛頓騎馬雕像

韁繩，右手微揚伸出，做出友誼揮手狀。這意味著一位具有極大權力的人卻崇尚和平，傳達的信息和維爾紐斯的格迪米尼茲紀念碑有異曲同工之妙。我就讀的華盛頓大學校園西端也有座華盛頓站立雕像，右手握著劍，劍尖拄地，左手則握住右手，和平的意涵就更濃厚了（圖九b）。我上學路過，常常看到鴿子棲息在華盛頓的頭上。牛頓說要站在巨人的肩膀，我想，也應該學鴿子，站在偉人華盛頓頭上，努力學習。

西點軍校也有一個艾森豪（Dwight David Eisenhower, 1890-1969）紀念碑（Eisenhower Monument）。他在一九四四年指揮諾曼第登陸，榮獲陸軍五星上將軍銜。一九五三至一九六一年間連任兩屆美國總統。

圖九b：華盛頓大學的華盛頓站立雕像

艾森豪畢業於一九一五年，那一班西點軍校生產出最多的將軍，號稱「星星都落在這一班」（The Class the Stars Fell On）。

艾森豪的名言：「Plans are nothing! Planning is

everything.」他的意思，必須將「規劃」當作動詞，劍及履及地實踐，若當成名詞，當作口號喊喊，就沒用啦。在職場上，如果抱著交差心情去完成「名詞」的規劃，那是在浪費自己和老闆的時間。若能在撰寫過程，培養企畫能力，把「規劃」當作動詞，能力則會更上一層樓。

另外一個著名雕像是巴頓紀念碑（圖十a）。巴頓將軍的太太將巴頓的四星銀製徽章以及她自結婚後就一直帶著的金製遊騎兵隊徽融化，成爲這個雕像的手的一部分。巴頓（圖十b）是美國陸軍四星上將，年輕擔任少尉時在《陸海軍雜誌》撰文建議改進騎兵軍刀，獲得採納，依此設計的「巴頓劍」（Patton Saber）製造了二萬把，配發到美國陸軍部隊。他在第二次世界大戰時指揮裝甲兵團縱橫歐洲戰場，勢如破竹，直至奧地利，於一九四四年的九個月間，殲敵一百四十萬，解放大小城鎮一萬三千座，傷亡極小，威震天下。巴頓在一九四五年出車禍，死於德國海德堡（Heidelberg）的醫院。我於二〇一五年來到海德堡，聽德國人講古，談到巴頓死在醫院的故事，死前他很生氣地說：「這樣的死法眞他媽太絕了（This is a hell of a way to die）。」巴頓

圖十a：巴頓紀念碑（Patton Monument）

圖十b：巴頓
（George Smith Patton, Jr., 1885-1945）

打敗對手隆美爾（Erwin Johannes Eugen Rommel, 1891-1944），卻很尊重他。在一九七〇年的影片*Patton*中，巴頓將軍有一句台詞：「隆美爾，你這偉大的混蛋，我讀了你的書！（Rommel, you magnificent bastard. I read your book!）」巴頓自謙是不怎麼讀書的人。西點軍校的巴頓雕像面對著圖書館。流傳很廣的笑話是，他當學生時老是找不到圖書館，巴頓自己曾說：「我在西點這段日子，老是找不到圖書館。（The whole time I was at West Point, I couldn't find the library.）」所以後人在圖書館前爲他豎起了這尊手拿望遠鏡的雕像，希望巴頓將軍能找到圖書館。巴頓出身於軍事世家，先進入維吉尼亞軍校（Virginia Military Institute）學習，之後入學西點軍校。

和巴頓將軍一樣畢業於維吉尼亞軍校的著名將軍是馬歇爾（圖十一a），他不曾就讀西點軍校，但根據老布希總統的說法，馬歇爾很肯定西點軍校的學生，在二次世界大戰時曾說：「我需要一位軍官來執行祕密危險的任務。我要的是一位西點軍校的足球運動員。」中國有名的將軍孫立人（圖十一b）也畢業於維吉尼亞軍校。當年這所軍校默許不成文的斯巴達式學長制，其行爲形同霸凌（Hazing）。大一時馬歇爾被迫蹲在有翹出刺刀的洞的地板上。疲憊的馬

圖十一a：馬歇爾
（George Catlett Marshall, Jr., 1880-1959）

圖十一b：孫立人
（Sun Li-Jen, 1900-1990）

歐爾拒絕放棄，也不抱怨，結果臀部嚴重刺傷。校方質問，他拒絕說出霸凌他的學長名字。雖然他講義氣，學長仍然繼續霸凌，而他被欺負的原因很可笑，學長嫌他講話有北方口音。孫立人是東方人，被修理得更慘。他的面頰曾被學長按在菸頭上燙得吱吱作響。這種不合理的訓練鍛鍊出堅毅不拔的體能。孫立人在緬甸作戰如猛虎出柙，打得日軍落花流水，被譽爲「東方的隆美爾」，巴頓和馬歇爾都曾經與孫立人見面，對這個小學弟有好感。馬歇爾說：「他在喜馬拉雅山進行三個月的軍隊調度，足以名列歷史上的偉大行軍。他移動大象和世界上一切可動之物，但沒有敵人注意到。（Sun he conducted a march across the Himalays that ranks with the great troop movements in history. He got involved with elephants and everything in the world to get through, but nobody paid any attention to it.）」事實上孫立人還將大象林旺帶到台灣呢。西點軍校出身的史迪威將軍認爲孫立人是中國最有能力的將軍，維吉尼亞軍校的博物館也收藏了他的遺物以資紀念。孫立人來台灣後被軟禁在台中向上路我姊夫家對面（圖十二），我很遺憾沒有機會和他見面。

我擔任科技部政務次長時，處理過一些學者的學術倫理問題。很多人問我，如何不違反學術倫理，我的答案很簡單：「不是自己想出來的研究，就不要說是自己的成果。」加以延伸，其實就是西點軍校的學生榮譽準則：「軍校生不可撒謊、欺騙、偷竊，也不可容忍做這些壞事的人。」望著西點軍校的學生榮譽準則石碑（圖十三），覺得每一所大學都應該豎立這座榮譽碑。

二〇一四年十二月八日我代表科技部帶領產學司邱求慧司長等十一人到以色列

圖十二：軟禁孫立人的台中向上路屋宅

THE CADET HONOR CODE
A CADET WILL NOT LIE, CHEAT, STEAL,
OR TOLERATE THOSE WHO DO.
Thayer Walk
Honor Plaza
Presented as a Bicentennial Gift
to the
US Military Academy
by the
Class of 1957

圖十三：西點軍校的學生榮譽準則石碑

參訪。我們飛往以色列途中，在韓國仁川（Incheon）過境，停留四小時。駐韓國代表石定大使特別由首爾趕來仁川，和我會談一個小時，分析台、中、韓形勢，以及科技競合關係。我和石定大使聊天，提到韓戰，麥克阿瑟由仁川登陸，稱爲鉻鐵行動（Operation Chromite），當時美軍高層很多人反對，因爲潮差太大，不易登陸。我說，選擇仁川登陸是高明的戰術考量，日俄戰爭時，日本陸軍由黑木爲楨（1844-1923）帶隊奇襲，也是由仁川登陸，再渡過鴨綠江。飛機由仁川機場起飛時，我由窗外遠眺外海，正好看到當年麥克阿瑟登陸的地點，拍攝一張照片留念

（圖十四）。我想像當年麥克阿瑟下了很大的決心，不直接進攻漢城，與共產黨對壘，而是由敵人後方的仁川登陸，切斷北韓軍隊的補給線，令其失去戰鬥力。當麥克阿瑟提出這個計畫時，大家都不看好這個難度極高的任務，但是麥克阿瑟憑著毅力以及絕對的執行力，成功地登陸仁川。麥克阿瑟曾鼓勵學生永不放棄，說：「歲月使皮膚起皺紋，放棄使靈魂起皺紋（Age wrinkles the body. Quitting wrinkles the soul）。」永不放棄，堅持到底，死棋腹中才能出仙著，創造勝利的契機。

圖十四：我在飛機上拍攝麥克阿瑟登陸仁川的海岸

指揮的重要

寧可數日不開仗，不可開仗而毫無安排算計。

——曾國藩

圖一：恩師Jean-Loup Baer

我的博士論文題目與高速度的電腦架構相關。建造一部電腦就如同興建一棟大樓，需要一位很好的建築師來設計整個架構。因此大學的資訊系都有一門課「電腦架構」（Computer Architecture），教學生如何成為電腦建築師。我的第一位研究所指導教授Jean-Loup Baer（圖一）就是這個領域的先驅研究者，對我有相當大的影響。在設計任何系統，我會花很大的功夫想清楚其架構。所謂君子務本，本立而道生。「架構」就是本。將系統架構弄對，要實作就容易多了。

我博士畢業後就職於電話公司，負責較偏重軟體架構（Software Architecture）方面的工作，有機會參與實作大型電信軟體。在實作階段，須投入大量人力來寫程式。此時要有一位領導者來協調整個計畫的執行。他不但是架構的總建築師，更像是交響樂團的指揮（Conductor），必須有效地管理人力。困難之處，是寫程式的工程師程度參差不齊，這位指揮必須知人善任，量才器使，才能圓滿達成任務。回台灣後，發現國內軟體工程師的個別能力較美國工程師靈活，但較難寫出高品質的大型軟體。原因是工程師們比較沒有團隊合作的經驗，不易協調。但更主要的是缺乏優秀的總建築師（指揮）。二〇〇〇年我經由一個交響樂團練習，很深刻地體會到指揮的重要性。

二〇〇〇年我攜帶全家到美國西雅圖的華盛頓大學（Univ. of Washington）進修。老大Denise就讀當地華盛頓初中（Washington Middle School），選修音樂課，必須學一種樂器。Denise在台灣學過鋼琴。當時客居在西雅圖，並無鋼琴，我們就讓Denise改學便於攜帶的小提琴。透過當地友人，好不容易借到1/2 size的小提琴。Denise初學，常常走音。她第一個月在練習時，我受不了魔音傳腦，要求她在浴室拉琴，將門關上，噪音比較能忍受。一個月後，Denise告知，再兩個月，學校會有交響樂演奏會，全班同學都要上台，並現場錄製CD販賣。我深感驚訝，Denise的「琴藝」雖有進步，但要在三個月內上場表演，似乎不太可能。Denise好歹還懂五線譜，據我了解，她的音樂課班上有些同學，從未接觸過樂器，對音樂一竅不通，如何能在很短時間內完成練習，登上台面成爲小小演奏家？傍晚六點，家長們滿臉狐疑，準時進入音樂會場，個個比演奏的學生緊張。沒想到，演奏相當成功，旋律和諧，在家長的耳中，猶如天籟之音。音樂會後，大家爭相訂購CD音樂片。

我分析此次演奏成功，主要是樂團指揮的老師很有經驗，巧妙安排學生在樂團的角色，讓以前沒碰過樂器的學生，負責敲鑼打鼓，稍微有基礎的，分派第二部任務，搭配幾位高手穩紮穩打地吹奏主旋律。她了解每一個學生的優缺點，不求個別完美，而是讓學生們互相配合，在和弦下，彌補走音失誤。而在臨場演奏時，更由老師做手式，暗示初學者何時敲三角鐘或打鼓。事後初學的同學們頗有成就感，也培養出興趣，自動地認眞學習五線譜。老師以交響樂演奏這個大Project，引導學生團隊合作，並達到有教無類的效果。如果大型軟體計畫的主持人有這位樂團指揮老師的功力，必能培養優秀工程師，發展出高品質的軟體產品。

我受邀擔任經濟部計審會的主審，審查數位創意的計畫，端看導演的鋪陳手法及戲劇張力表達。在敘述劇本的過程，你很容易可以觀察到導演是否有藝術創意的表現。有藝術才華的導演，就像是很好的「樂團指揮」，兼顧場景氛圍、服飾配樂，以及演員技巧，才能拍出好片

圖二：我與茂伯的女兒

子。例如《海角七號》，整個片子沒有一個超級大牌的演員，導演魏德聖在資金匱乏的情況下，能夠善用演員的個人特質（例如彈月琴的茂伯），讓他們充分表達生動活潑的語言，藉以巧妙地拼湊出動人情節，這就是導演的功力！就如同前面的例子，一件作品是否成功，關鍵在於總建築師（指揮）。魏德聖慧眼識英雄，善加利用茂伯這位素人，將之融入劇情。茂伯的幽默智慧，不但表現於電影演出，也教子有方，他的女兒是我女兒在耶魯大學的學姊，學識優異（圖二）。

第四十五屆台灣電影金馬獎，《投名狀》得了最佳導演這個最具分量的獎項。但個人認爲《投名狀》大卡司一堆，其演技未必彰顯。《投名狀》的劇本也與史實有所出入。《投名狀》是根據滿清四大奇案《張汶祥刺馬》改編。我的了解是，被刺殺者馬新貽爲回教徒，曾跟隨胡林翼勦太平軍、捻軍，打仗不如劉六麻子（劉銘傳），但當官相當清廉，大概和丁寶楨同一等級，比曾國藩的弟弟曾國荃好很多。一八七〇年馬新貽擔任兩江總督，閱兵返回督衙時，張汶祥攔路喊冤，趁隙以匕首刺殺馬新貽，延至隔日不治身亡。張汶祥刺馬有兩種說法。一說張汶祥和馬新貽是結拜兄弟，馬新貽漁色負友而被張汶祥所殺，這是民間《張汶祥刺馬》（也就是《投名狀》的劇本）。比較可信的說法是馬新貽得罪曾國藩一手調教的湘軍，因此被設計殺害。慈禧太后相信了第二種說法。原因是太平天國平亂後，地方督府的權柄很重，已接近出警入蹕，一般人是無法接近總督的。刺殺事件顯然是湘軍集體預謀，事後再編造《張汶祥刺馬》故事，汙衊馬新貽。馬新貽被刺之後，慈禧太后要求曾國藩回任兩江總督，要他彈壓安撫他那群湘軍的老部下。張汶祥刺馬的故事告訴我們，在上位者，如果領導統御沒做好，甚至會命喪黃泉。

導演取《投名狀》這個片名也奇怪，我看不出和《刺馬》這個故事的關聯性。根據文意，「投名狀」並無結拜兄弟的義氣的成分。在《水滸傳》所敘述的梁山泊，要加入山寨爲盜，必須在山下「隨機」殺人繳人頭，是爲「投名狀」。目的有二：其一是證明你有殺人的膽氣，有當強盜的本錢。其二是殺人後，你也犯了大罪，不可能當官府的內奸。因此「隨機殺人」很重要，可以避免官府設計的圈套，派人臥底。如此看來，「投名狀」是強盜互不信任下的產物，和導演要營造所謂「桃園結義」這類的義氣大不相同。劇本決定故事的架構，架構錯了，再好的演員都難以發揮。因此導演必須是優秀的建築師，要有慧眼，找到對的劇本。

如同戲劇能成功的關鍵在於導演，吾輩要發展電信等級的軟體，必須能培養出好的軟體計畫主持人。以軍事來比喻，優秀計畫的主持人的例子是前面提到的曾國藩（圖三）。曾國藩和太平天國打戰，帶領的湘軍是一批湖南農夫，純樸有餘，機智不足。根據這批純樸農夫的特性，曾國藩採取穩紮穩打的策略和嚴格的紀律（他號稱「曾剃頭」，殺了不少犯軍令的湘軍）。

圖三：曾國藩（1811-1872）

不太成功的軍事計畫主持人，例如科爾沁親王僧格林沁（Sengge Rinchen或Lion-Precious in Tibetan, 1811-1865）。科爾沁親王是清朝世襲的蒙古親王，當中最有名的一位是僧格林沁，和曾國藩是同時代的人物。他擅長希特勒式的閃電戰，看不起曾國藩慢條斯理的剿捻戰

圖四：李宗仁（1890-1969）

術。他常率領慓悍的馬隊，在戰場上橫衝直撞。有一次剿捻，他帶馬隊跑得太快，大軍跟不上，結果他和馬隊反而被捻軍包圍殲滅。其實僧格林沁也很會打仗，只可惜最後一戰，知己不知彼，因而身亡。

最不上道的計畫主持人，則是一將無能，累死千軍。舉一例言之，二次世界大戰，日本侵華，其部隊訓練之精，戰鬥力之強，舉世罕有。但領導者策略錯誤，因此最精銳的日本部隊在台兒莊被他們所輕視的中國雜牌軍擊潰，奠定中國長期抗戰的基礎。事後該戰區的中國司令李宗仁將軍（圖四）評論，日軍是小瑜（部隊精銳）難掩大瑕（策略錯誤）。我對李宗仁的評論細節的認知來自於歷史學家唐德剛的《李宗仁回憶錄》。李宗仁本身是非常好的軍事領導者，帶領雜牌軍，常能以寡擊眾。他的下巴凹陷，因爲某次作戰時，有一顆子彈由下顎貫穿到鼻孔，還好子彈沒有留在體內，否則以當時戰場醫療物資缺乏，他很可能會因鐵鏽感染而死亡。

李宗仁提到的台兒莊戰役，關鍵人物是兩位將軍龐炳勛和張自忠。龐炳勛（圖五 a）從商多年，是精明的小商人。於一九二二年四月參加第一次直奉大戰，擔任孫岳第十五混成旅步兵

圖五b：張自忠（1891-1940）

圖五a：龐炳勛（1879-1963）

營長，被奉軍的砲彈炸傷了一條腿，因此人稱「龐瘸子」。龐炳勛多次與蔣介石的軍隊作戰，善於避重就輕，保存實力。

張自忠（圖五b）本爲馮玉祥部屬。一九三〇年中原大戰後，被蔣介石收編。一九三七年七月七日，盧溝橋事變，中國全面抗日。龐炳勛和張自忠都是雜牌軍，並非蔣介石的黃埔嫡系軍隊，因此兩個人的部隊都調歸徐州第五戰區，由廣西派的李宗仁指揮。一九三八年三月十日，日本第五師團投入七、八萬兵力，以及飛機大炮和坦克等優勢武力，由號稱「關東軍的大刀」板垣征四郎（圖六）率領，向臨沂猛烈撲來。當時防守臨沂的是龐炳勛的第三軍團，由於實力太過懸殊，龐部傷亡慘重，但是仍然堅強地固守陣地，阻止坂垣師團。司令長官李宗仁在他的回憶錄中寫道：「敵軍窮數日的反覆衝殺，傷亡枕藉，竟不能越雷池一步。當時隨軍在徐州一帶觀戰的中外記者與友邦武官數十人，都想不到一支最優秀的皇軍竟受挫於不見經傳的支那雜牌部隊。一時中外哄傳，彩聲四起。」當時龐部急待援軍，李宗仁唯一能調派的是張自忠的第五十九軍。張自忠與龐炳勛在中國內戰時，原是宿仇。李宗仁告訴張自忠：「你過去和龐炳勛彼此無法相容。今日龐炳勛爲國家苦戰，你應該捐棄私人過節，和龐部並肩作戰，抵抗外侮。」張自忠擯棄個人恩怨，率部以每日一百八十里的速度趕來增援龐炳勛，於三月十四日凌晨與龐部聯合發起反擊，經徹夜激戰，日軍慘敗。這是抗戰爆發後中國正面戰場取得的首次重大勝利。中國士氣大增，有實力對日本長期抗戰，此一役是關鍵，導致中國在台兒莊大捷。而一九三八年台兒莊之役，國軍擊敗石原莞爾（1889-1949）和板垣征四郎的最精銳部隊，對中國有很重要的意義。當時大家都認爲石原和坂垣太厲害了，要消滅十倍以上的中國軍隊，根本不費吹灰之力。這次戰役粉碎了日本軍隊所向無敵的神話。

圖六：板垣征四郎（1885-1948）

石原莞爾這個人足智多謀，徹底奉行「滿蒙生命線」的日本侵華理論。這是啥理論呢？讓我們翻翻當時擔任中國領事的松岡洋右所寫的《動蕩之滿蒙》就知曉：「今天滿蒙之地位，對我國（日本）而言，不僅在國防上十分重要，對國民經濟也是不可缺少……我國要確保死守這條生命線，不可害怕任何國家的挑戰。」話說一九二一年華盛頓九國會議後，日本被要求大規模裁軍，職業軍人的身價一下子跌停板，好男不再肯當兵，穿軍服上飯館甚至惹人嫌，常會吃閉門羹。心懷不滿的軍人開始祕密集社，想盡辦法要有一條新的出路，而有名的代表人物是石原莞爾。一九二八年六月日本人炸死「東北王」張作霖（圖七a），兒子張學良相當憤慨，在一九二八年十二月歸順國民政府，對日本採取不合作的態度。因此石原莞爾、板垣征四郎等日本關東軍在中國東北發動戰爭，於一九三一年九月十八日製造「九一八」事變，奪得中國東北主導權，扶植滿洲國。其實在「九一八」事變的醞釀過程，日本政府反對關東軍的作法，試圖通過外交手段解決和中國的衝突事端。內閣會議決定了「不將事態進一步擴大」的方針。關東軍卻將之當作耳邊風，不斷擴大戰線，無能的日本政府只好摸著鼻子跟著走。一九三二年日本爆發「五一五」事件，軍方乾脆暗殺首相犬養毅（圖七b），免得內閣一天到晚碎碎念。主戰的日本軍部地位上升，導致日本走上全面侵華的不歸路。犬養毅

圖七a：張作霖（1875-1928）

圖七b：犬養毅（1855-1932）

這位國家領導者無法節制部下，指揮不當，不但喪失生命，也拖累了國家。「九一八」事變讓石原莞爾及板垣征四郎在日本軍人中身價高漲，號稱「石原智慧，坂垣實行」。這兩位將軍氣燄高漲，帶領部隊侵略中國，大搖大擺地一路南下，勢如破竹，也難怪敢誇口「三月亡華」。一九三八年在台兒莊踢到鐵板後，才發現石原的「智慧」，坂垣無法「實行」。

龐炳勛一九四九年到台灣，開餐廳度日。日本戰敗後，坂垣征四郎在一九四八年以戰犯身分被判絞刑。石原莞爾拚命宣傳自己是受東條英機（1884-1948）迫害的和平主義者，逃過戰爭罪行的審判，直到一九四九年因膀胱癌，病死於家中。張自忠於一九四〇年和日軍作戰，兵敗自裁。張自忠殉國的經過，日本人有詳細記載。日軍陸軍少將浦銀次郎寫了一本書《二三一聯隊史》，記載一九四〇年五月棗宜會戰期間，張自忠力戰不屈，臨終前還從血泊中猛然站起，其威嚴震懾了逼近他的日本衝鋒隊士兵，令這群日本兵不由自主地愣在原地。最後由遠處的軍曹開槍擊中頭部，張自忠才倒地而亡。日軍對張將軍的忠勇深表崇敬，在文字敘述中表露無遺。這場從五月一日至十六日的戰役，中國損失三個團，但日軍所付出的代價更大。日軍傷斃四萬五千人以上，繳獲大炮六十餘門，馬二千餘匹，戰車七十餘輛，汽車四百餘輛。張自忠平日衣著十分簡便，但此次出戰卻穿上正式的黃呢軍服，戴上中將領章。他出發時已不打算回來，所以衣著整齊。消息傳到重慶，蔣介石大爲震驚，無法理解爲何總司令戰死，副總司令、軍長、師長卻無人陣亡。張自忠是八年抗戰殉國軍人中官階最高者，他爲何有如此「積極赴義」的人生觀？張自忠在抗戰初期被國人誤會爲日奸，受到許多責難。因此決定以死明志，求得一己的清白。他說：「我生則國亡，我死則國生。」每場戰役皆身先士卒，奮不顧身地衝鋒陷陣，最後求仁得仁。蘇格拉底（Socrates, 469B.C.-399B.C.）說：「不經反省的人生是不值得活的！」也就是說，人活著的意義在於自我進行道德的反省。張自忠自我反省，發誓洗刷日奸的誤會。他達成人生的目的，死後不再有人說他是日奸，反而尊稱他爲中國戰神。張自忠殉國後，張夫人在上海絕食七日而死。

圖八：張靈甫（1903-1947）

李宗仁曾讚賞另一位善於領導統御的軍人，他是原名鍾麟的張靈甫（圖八）。他集結臨時拼湊的雜牌七十四軍，將之訓練成爲一支鋼鐵部隊，蔚爲傳奇。張靈甫即使沒有良好的通訊設施，也能靈活指揮部隊。

日軍又恨又畏地稱之爲「支那第一恐怖軍」。張靈甫不太依賴通訊設施的原因是，身爲主帥，他總是身先士卒，跑在最前線，因此部隊跟著跑就是，部下們也不必通訊找主帥。張靈甫知道他的軍隊無論在通訊及武器裝備皆遠遜於日軍，因此決定夜間作戰。黑暗中，現代化設備不易使用，日軍的優勢大打折扣，勝負就靠拚命的膽識，誰狠誰就贏。然而張靈甫並非鬥狠莽撞之徒，作戰之前，很細心地熟讀地圖，進攻及撤退的路線都背得滾瓜爛熟，因此夜間遇困，都能安然脫險。反觀日軍，深入中土，人生地不熟，夜間作戰，即使有先進的通訊設備，軍隊調度仍然不如張靈甫靈活，難怪落於下風。由此可知，軍事通訊不只是「通訊」，更需要位置資訊服務（Location-based Service），才是致勝的關鍵。然而神準如張靈甫也知道，當通訊完全中斷時，亦是兵敗之日。他和共產黨在孟良崮作戰，在通訊中斷、彈藥用盡後，知道氣數已盡，飲彈自裁。張靈甫被人稱爲「黃埔第一美男子」，是北京大學歷史系高材生，擅長書法，連書法名家于右任都稱讚。張靈甫因繳不出學費，輟學加入黃埔軍校，帶兵極爲慓悍。他以爲他的美女老婆劈腿，就一槍斃了她，又娶了另一位十六歲女孩。他的第二任夫人王玉齡十九歲時成爲寡婦，直到今日已超過八十高齡。

本文提到的人物及故事很清楚地顯示，導演不行，演員卡司再大都難以成功。將軍無能，兵敗如山倒。身爲領導者，要有架構（Architecture）的大格局，要有團隊合作精神，而遭遇強敵時，更要能堅持不輟。就研究計畫而言，主持人若不行，計畫寧可不要執行，免得勞民傷財。如何培養出好的領導（計畫主持人）？基本的學養是要有架構的概念，這一部分，學校可以訓練。至於領導統御，可以利用群體計畫操兵，做某種程度的訓練，然而領導統御大部分是天生，和個性有關，教不來的。台灣的科技人往往有個毛病，人人都想當老闆。其實領導統御不好，還不如當一個工程師，敬業地做好自己的技術工作，會更有成就。

中國第一個電報學堂

傳信安得電光速・尺楮一閃報君處

——林一平

二〇一二年九月十七至二十日我到天津參加世界科學院年會（圖一），並接受工程科學獎（TWAS Prize in Engineering Sciences）。TWAS原來的英文全名是Third World Academy of Sciences，中文翻譯爲第三世界（或開發中世界）科學院。二〇一二年起由中國擔任主席，將之改名爲The World Academy of Sciences，變成世界科學院，就不必再開發了。

當天有媒體訪問。中國中央電視台記者問我對天津的印象（圖二），我答不出來，除了天津的電信發展史（容後詳述），只記得霍元甲是天津人，他的武功號稱天津第一。另外我從高陽小說中得到的印象是，天津和北京的距離應該很近的。高陽說「津埠密邇京師」，津埠是指天津，京師當然是北京。清末民初的政治人物，在北京不得意（例如被慈禧太后罵一頓，或被李蓮英背後捅一刀），就躲到天津生政治病。不過記者女士（大概有六位記者訪問我，全是女性）的想像力豐富，寫作功力一流，如此報導：

「……知名科學家林一平獲得了工程學獎，雖然他第一次來到天津，但對天津卻並不陌生。天津

圖二：中國中央電視台記者在天津大禮堂訪問時拍攝的照片

圖一：參加世界科學院年會

的雲計算、物聯網等產業優勢獨特，我希望與天津在移動通訊等前沿科技領域展開深度合作。我相信天津將成爲中國創新技術的中心。我希望能通過這次平台結識更多的中國科學家，進行更多的交流合作。」雖然報導較爲誇大，有很多話是她們以我的名義說的，對我有溢美之處，愧不敢當，但針對台灣和天津的交流，我的確樂觀其成。

九月十九日我在萬麗天津賓館演講「移動通訊及其應用」（Mobile Telecommunication and Its Applications），提到天津是中國第一個提供電信服務的城市，與會聽眾頗爲驚奇。因爲這是一個技術性的演講，沒有進一步詳述歷史典故的細節。其實我對於天津發展電報的歷史淵源相當熟悉，在本文一吐爲快。電報是中國最早引進的外國通訊技術。第二次鴉片戰爭後（Second Opium War, 1856-1860），歐洲列強不斷要求在中國通商口岸架設電報線路。而隨著社會經濟的發展，中國洋務派也深深體認到在政治、軍事和商務方面對電報有迫切的需求。一八七三年，法國人參照《康熙字典》的部首排列方法，編成《電報新書》，是第一部漢字電碼本。其後法國華僑商人王承榮研製成功中國第一部電報機，呈

圖三：丁日昌（1823-1882）

圖四：李鴻章（1823-1901）

請政府自辦電報，未被採納。一八七四年中國抵禦日本侵台時因電報信息不通以致誤事，福建督撫丁日昌（圖三）決定於一八七六年在福建的電學館培養電報人才，屬於訓練班的性質。

一八七六年李鴻章（圖四）向朝廷上奏摺，報告道：「臣於光緒二年（即一八七六年）四月延請西士，選募生童，就局內添高設電氣水雷局，教練一切。」

這裡所說的電氣水雷局，就是後來的天津電報學堂，附設於天津機器局。李鴻章在天津東機器局和直隸總督衙門之間架設了一條長達六．五公里的電報線，是東局內電報學堂的外國老師設計，並由學堂所培養的學生操作。落成時駐津各國領事皆來祝賀。李鴻章躊躇滿志地說：「日來由東局到敝署電線置妥，僅費金數百，通信立刻往復，即用局內學生習之，神奇可論，各使場相道賀。……數十百年後，必有奉爲開山之祖矣！」一八七七年（光緒三年）五月，李鴻章建議丁日昌在台灣推廣電報學堂：「此間（指天津）水雷學堂兼習電報諸童頗有進益，昨將京局至敝署十六里內試設電線，需費數百元，使閩粵學生司其事，能用淺俗英語及播出華文，立刻往復通信，洵屬奇捷，閩中學堂已散，台地電報將如何試造，幸速籌辦，俾可逐漸推廣。」

一八七九年天津機器局電報學堂師生參與天津至大沽北塘海口砲台之間試架的一條六十公里的電報線，以利「號令各營頃刻回應」。

當年要架設電報線是很困難的，主要是一群頑固派官員的反對，義正詞嚴地上書慈禧太后，逼得慈禧太后都不敢推動電報的建設。反對的理由今日看來相當可笑，我節錄一段與讀者諸君奇文共賞：「銅線之害不可枚舉，臣僅就其最大者言之。夫華洋風俗不同，天爲之也。洋人知有天主、耶穌，不知有祖先，故凡入其教者，必先自毀其家木主。中國視死如生，千萬年未之有改，而體魄所藏爲尤重。電線之設，深入海底，橫衝直貫，四通八達，地脈既絕，風侵水灌，勢所不必至，爲子孫者心何以安……藉使中國之民肯不顧祖宗丘墓，聽其設立銅線，尚安望遵君親上乎？」中國建設電報線的困難，讓我想起一九三三年由約翰・韋恩（圖五）主演的電影*The Telegraph Trail*，描述當年美國開發西部，建設電報線的種種困難。

圖五：約翰・韋恩
（John Wayne, 1907-1979）

李鴻章排除頑固派的反對，於一八八〇年十月四日奏請設立北洋電報學堂，爲清政府培養電報人才，總算得到朝廷的批准。一八八〇年十月六日，北洋電報學堂在天津城東門外扒頭街正式成立，由盛宣懷（1844-1916）聘用丹麥大北電信公司的技師博爾森以及英法等外國的專家擔任教習，培訓「管報生」的電學與發報技術，內容包括數學、製圖、英文、電磁學、電測試、材料學、基礎電信、儀器規章、電報實習、國際電報公約等二十門課程。一八八一年十二月二十四日，全長三千零七十五華里的津滬電報線路全線竣工。一八八一年十二月二十八日正式開放營業，收發公私電報，全線在紫竹林、大沽口、清江浦、濟寧、鎮江、蘇州、上海七處設立了電報分局。這是中國自主建設的第一條長途公眾電報線路。之後中國的電報事業遍地開花，各地對北洋電報學堂的畢業生需求不斷，使天津成為當時中國的電信中心。北洋電報學堂招收學員的年齡分布在十六歲至二十二歲之間。一八八六年九月，北洋電報學堂遷至天津法租界位於紫竹林地區的新校舍（今日的吉林路承德道一帶）。到了一八九五年，北洋電報學堂已具規模，設有四個班、五十名學生。一九〇〇年，八國聯軍攻占天津，北洋電報學堂被迫停辦。

圖六：戈登
（Charles George Gordon, 1833-1885）

英國軍官戈登（圖六）對天津的電信發展有貢獻。天津有一座紀念他的戈登堂（Gordon Hall）。

我對戈登的第一印象來自於一九六六年的電影《喀土穆》（*Khartoum*）。電影中戈登在蘇丹打仗，卻是中國提督的派頭，有四位清兵抬轎，蔚爲奇觀。

戈登來到中國以及他的死亡，都和電報有關。他生性喜愛冒險的軍旅生活，參與塞瓦斯托波爾戰役（Siege of Sevastopol）時官拜工兵少尉。戰後他被告知要在小亞細亞（Asia Minor）建造一條電報線，卻一直得不到明確的命令，只好整裝回英國。之後升爲上尉。一八六〇年，戈登隨英法聯軍來到中國，擔任工兵隊指揮官。如果一八五七年戈登留在小亞細亞架電報線，就不會來中國了。

天津第一個租界是由戈登規劃設計。一八六二年後，戈登接受李鴻章邀請到上海，擔任「常勝軍」的管帶，配合淮軍和太平天國作戰，攻克蘇州，建立赫赫戰功，被譽爲「中國的戈登」（Chinese Gordon）。李鴻章相當敬佩他的軍事指揮才能，呈報清廷授予戈登提督銜，賞穿黃馬褂。戈登離開中國，臨別時贈言給李鴻章。我讀《李鴻章全集》，提到這些贈言，當中有一句：「中國須遍地設立電報，修理運河。此二事較整頓水師尤爲緊要。」

一八七四年後戈登轉戰非洲各國。一八八四年蘇丹發生暴動，英國政府要求他擔任蘇丹總督（Governor-General of the Sudan），解決叛軍的暴動。戈登趕到蘇丹喀土穆（Khartoum）時，戰局已急轉直下，積重難返，喀土穆到埃及的電報線被截斷，深知電報重要性的戈登，心裡有數，大勢已去。一八八五年喀土穆陷落，戈登被叛軍斬首。戈登的死顯示上級領導無方，輿論譁然，導致英國自由黨政府垮台，首相葛雷斯東（William E. Gladstone）被迫下台，開始保守黨的長期執政。

一八九〇年天津英租界建造工部局大樓，命名爲戈登堂（Gordon Hall），紀念他規劃和開闢天津租界的貢獻。戈登堂是當時天津最大的一座建築物，座落於維多利亞道（Victoria Road，亦即今日和平區解放北路）。一九四五年戈登堂成爲中華民國國民政府天津市政府所在地。一九七六年唐山大地震，該樓毀損，於一九八一年拆除。二〇一〇年天津市人民政府在海河南岸重建戈登堂。

圖七：葉恭綽（1881-1968）

天津電報局對民國初年的政治有很大的影響。一九二二年時，中國電報已利用「加碼」、「移位」及改編「電報明碼本」的頁、行等方法實作「密電」。一九二三年天津電報局的蔣宗標「破譯」一封「密電」，得知曹錕（1862-1938）以超過一千三百五十萬元賄選，國會吳景濂議長之賄款爲四十萬元。相關資料由蔣宗標密告鄭洪年，再轉告葉恭綽（圖七）後，由交通系幹員出關將此密電送交張作霖。張作霖看完密電，在一九二三年十月五日通電全國反對曹錕非法賄選（十月六日曹錕以四百五十票當選大總統）。至此開啓我國政府研究「密碼學」的進程。曹錕重金賄賂國會議員，當選中華民國大總統後被稱爲「豬仔總統」。一九二四年被趕下台，後寓居天津。盧溝橋事變後日本占領天津，曾企圖說服曹出面組織政府，但遭到曹的拒絕。葉恭綽是交通大學的命名者，也曾擔任交大校長。

卷三

科技預測

一分錢容易花（Penny, Penny, Easily Spent）

Every side of a coin has another side.

——斯科爾斯（Myron Samuel Scholes）

我一九八五年赴美留學，入境「學」俗，第一件事就是認識錢幣，以免買東西不會找零錢。美元最常見的硬幣種類有一分、五分、十分以及二十五分錢等四種。依常理判斷，越大越重的銅板，幣值應該越高。然而美國的五分錢幣卻比十分錢幣大，五角錢幣也比一元錢幣大，真是讓人跌破眼鏡。這種設計大概不太符合直覺，因此美國小孩在幼兒園時，老師就會以童謠教唱認識錢幣。女兒小時候由幼兒園回家，口中念念有詞：「Penny, penny, Easily spent…」，如同江湖黑話，幫派切口。在台灣，從小就認得幣值，自然曉得拿錢花用，哪裡像美國這麼講

圖一a：一分錢幣正面

圖一c：一九一六年的十分錢幣

圖一d：一九四六年後的十分錢幣

究，還得唱歌學習？美國的錢幣其實大有學問，隨著年代會有不同的設計，不過我待在美國的十年間，這四種錢幣的正面人物肖像湊巧都沒有改變設計，實在無趣。

一分錢幣的正面（Obverse）一直採用林肯（Abraham Lincoln, 1809-1865）的肖像爲圖案（圖一a），而反面則有變化，由一九五九年到二〇〇八年間，一分錢幣的背面圖案是林肯紀念堂（Lincoln Memorial），有趣的是，這麼小又不值錢的硬幣，竟然雕工精細，如果您仔細觀察，林肯紀念堂兩根柱子中間雕刻了林肯，老神在在地坐在紀念堂中（圖一b的白框處）。

圖一b：一分錢幣反面

十分錢幣是經由一七九二年的鑄幣法（The Coinage Act）通過後開始鑄造，稱爲「Dime」，源於古法語

「Disme」，是「十分之一」的意思。一九一六年設計的十分錢幣（圖一c）正面的人物不是總統，而是〈行星組曲〉文中提到的墨丘利（Mercury），因此被稱爲「墨丘利十分錢」（Mercury Dime）。這是美國鑄幣史上設計最漂亮的硬幣之一。目前流通的十分硬幣於一九四六年開始發行，採用羅斯福（Franklin D. Roosevelt, 1882-1945）的肖像（圖一d），由辛諾克（John Ray Sinnock, 1888-1947）設計。肖像的頸部下方有「JS」兩個英文字母，一時謠言四起，認爲是蘇聯特務滲透，將史達林（Joseph Stalin, 1878-1953）名字的縮寫放在美國錢幣上。當時反共思想盛行，美國鑄幣廠趕緊澄清，這是辛諾克名字的縮寫。

五分錢幣於一九三八年到二〇〇四年間採用傑佛遜（Thomas Jefferson, 1743-1826）的肖像爲正面的圖案（圖二a）。今日五分錢幣的面積反而比十分錢幣大多了，曾經造成初到美國的我不少困擾。其實十分錢幣不但比五分錢幣小，也比一分錢幣小。五分錢幣的英文是「鎳」（Nickel），因爲這個錢幣是由鎳銅合金製成。在一八七三年前沒有「鎳」的說法，因爲當時的五分錢幣是由銀製成。根據美國早年的法律，錢幣必須由金、銀或銅爲鑄造原料。因此早期的五分錢銀幣叫做「十分錢的一半」（Half Disme）。這種錢幣比今日的五分錢幣小很多，因爲銀的價值比鎳高太多啦。銀幣的價值取決於本身的重量，所以「十分錢的一半」的重量必須正好是十分錢幣重量的一半。但是五分錢銀幣實在太小，攜帶不易，因此美國國會決定以鎳銅合

圖二a：五分錢幣

圖二b：二十五分錢幣

圖二c：五角錢幣

金製成較大的五分錢幣。一分錢是銅幣，因此也比十分錢的銀幣大。

二十五分錢幣稱爲「Quarter」，意思是「一元的四分之一」，自一九三二年至今皆以華盛頓（George Washington, 1732-1799）肖像爲正面圖案（圖二b），而錢幣反面則有不同花樣。一九九七年時美國國會通過法案，由美國鑄幣廠執行「五十州的二十五分錢幣計畫」（50 State Quarters Program），一九九九年至二○○八年間由各州設計有特色的圖案放在錢幣的反面。這些錢幣大受各州好評，約有一半美國國民收藏，是美國鑄幣廠（The U.S. Mint）執行過最成功的計畫，爲美國財政部賺來三十億元的銀兩。

另外兩種不太流通的錢幣是五角錢及一元硬幣，在市面上很少看到。我有一次閒著沒事，跑到銀行特別要求，兌換到一大把五角錢及一元硬幣。五角錢幣使用甘迺迪（John Fitzgerald Kennedy, 1917-1963）的肖像（圖二c），發行於一九六四年，

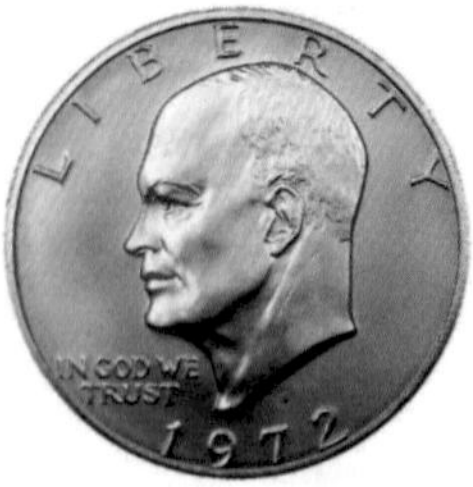

圖三a：一元錢幣

紀念被暗殺的總統。艾森豪一元硬幣（Eisenhower dollar，圖三a）發行於一九七一至一九七八年，顧名思義，係紀念總統艾森豪（Dwight David Eisenhower, 1890-1969）。二〇〇七年美國國會通過一個法案，在二〇〇七至二〇一一年間由美國鑄幣廠執行「總統一元錢幣計畫」（Presidential $1 Coin Program），每年依序發行四位總統的一元硬幣。有趣的是，五角錢的硬幣比現今一元硬幣要大。現代的一元硬幣直徑較小是爲了方便使用於投幣機。

我也注意到，大部分錢幣的右下角靠近年分數字處有一大寫字母，是P、S、D以及W四個字母之一。後來得知，這字母代表鑄造的鑄幣廠，包括費城鑄幣廠（圖三b）、舊金山鑄幣廠（圖三c）、丹佛鑄幣廠（圖三d）以及西點鑄幣廠（圖三e）。

美國早期的電話系統需要以接線生進行人工接線。最早發明的公用電話（Public Phone）或

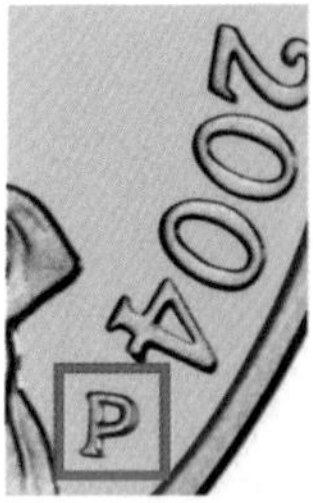

圖三b：費城鑄幣廠（Philadelphia Mint）

圖三c：舊金山鑄幣廠（San Francisco Mint）

圖三d：丹佛鑄幣廠（Denver Mint）

圖三e：西點鑄幣廠（West Point Mint）

稱爲付費電話（Payphone），有一投幣機械裝置，只要投五分錢就可打無數通電話，而投幣後若未打電話，卻又不能退錢。後想到的妙招是，仍然和一般電話一般，由遠方電話機房的接線生來轉接電話。當用戶投幣時，遠端的接線生可以聽到錢幣掉落的「叮噹」聲音。當接線生聽到「足夠錢幣」後，就開始轉接電話。這個可笑的設計，好像還相當實際，因爲它一直沿用到一九六四年。不過付費電話在普遍商業化後就有一堆人想盜用電話。最神奇的是，有一位音樂系的大學生，能模仿各種錢幣掉落的響聲，維妙維肖，騙得接線生團團轉。

戰爭是很花錢的，很容易拖垮一個國家的財政。美國獨立戰爭打了八年仗，錢從哪裡來？有一大部分是向外國舉債。這筆帳如何算？怎麼還？美國獨立以後，很多財政措施都是爲了還債。而第一任美國財政部長漢彌爾頓（圖四）扮演了主要角色。經由他的建議，華盛頓總統在一七九一年成立聯邦銀行（Bank of the United States），表面上是美國政府在掌握，其實在此架構下，美國的財政被跨國銀行家所控制。這個銀行和美國政府簽約二十年，時間到了，美國政府不願意續約。歷史上沸沸揚揚的說法是，英國銀行家羅斯柴爾德（Nathan Rothschild, 1777-1836）

圖四：漢彌爾頓
（Alexander Hamilton, 1757-1804）

下了最後通牒：「除非續期申請獲批准，否則美國將發現自己捲入一場最慘重的戰爭（Either the application for the renewal of the charter is granted, or the United States will find itself involved in a most disastrous war）。」美國國會不願被要脅，沒有簽約。隔年即爆發了一八一二年戰爭，據說羅斯柴爾德利用這場戰爭耗盡美國財政，逼迫美國就範，尋求財務協助。歷史的事實是，一八一六年美國國會終於同意羅斯柴爾德的續約。

美國南北戰爭，打到第二年，政府發行的錢幣就幾乎消失於民間，不再流通。原因是老百姓恐慌，藏匿了所有的金幣、銀幣，到後來連銅幣也不放過。一八六四年美國國會制定錢幣法案（Coinage Act of 1864），解決混亂的錢幣流通問題，法案裡最有名的句子是「In God We Trust」，印在今日的美鈔上。林肯爲了籌措戰爭經費，和銀行家周旋，傷透腦筋。林肯宣稱：「我有兩大敵人，是我面前的南方軍隊和在我背面的銀行家。這兩者中，銀行家是我最大的對手（I have two great enemies, the Southern army in front of me and the bankers in the rear. And of the two, the bankers are my greatest foe）。」一八六五年南北戰爭結束後，林肯打算動手處理銀行家，結果沒幾天後就遇刺身亡，很多人相信的陰謀論是「林肯被銀行家殺了」。這些人更言之鑿鑿，認爲美國歷任總統當中，有七任遭到暗殺死亡，都是銀行家在搞鬼，和總統爭奪掌控美國貨幣的發行權。這種八卦如同帝珀卡努詛咒（Curse of Tippecanoe），大家聽了一笑

圖五a：福特
（Henry Ford, 1863-1947）

圖五b：洛克菲勒
（John Davison Rockefeller, 1839-1937）

置之即可，不必當眞。然而，銀行家操縱民生，的確會有深遠影響。汽車大王福特（圖五a）曾說：「如果全國人民知道我們的銀行和貨幣系統如何運作，相信在明天早上之前就會有一場革命（If the people of the nation understood our banking and monetary system, I believe there would be a revolution before tomorrow morning）。」

誰是有史以來最會賺錢的美國人？答案是洛克菲勒（圖五b），他在一八七〇年創立標準石油（Standard Oil），曾經壟斷美國九十%的石油市場，是人類歷史上的首富。洛克菲勒賺錢的眼光高人一等，自從世界第一口油井於一八五九年在賓州（Pennsylvania）開發以來，數以千計的油井被胡亂挖掘。他判斷「原油價格必將大跌，眞正賺錢的是煉油，而非鑽油。」他的想法正確，集中投資在煉油。

數年內果然原油暴跌，煉油速度遠不及鑽油速度，許多鑽油商必須賤價拋售原油，而洛克菲勒則扶搖直上，財富自動送上門。他賺錢快、狠、準，而自奉甚儉，將大量金錢捐出，做慈善事業，眞奇人也。

誰是第二有錢人？是同一時代的卡內基（圖六a），他自學有成，冶煉出美國的鋼鐵工業，也是美國最偉大的慈善家之一。他敘述了自己成功之道，認爲成功的人都會選擇一個方向，並專心致志朝這個方向走。他也認爲，一個偉大的領導者不會獨攬大功，而會和他人分享成果（No man will make a great leader who wants to do it all himself or get all the credit for doing it）。我們身邊常會有很多機會，可是因爲沒有做好準備，無法發現這些機會，擦肩而過。洛克菲勒及卡內基會好好把握並捕捉到他們的機會，因此能成立一番事業。

圖六a：卡內基
（Andrew Carnegie, 1835-1919）

錢幣這個俗氣的人爲產物常被提升到「哲學境界」，用來隱喻事情或者對於人生的看法，例如當我們比喻同一件事會有兩種不同的看法，會用如下的句子：「Every side of a coin has another side」。而關於人生，美國著名的詩人桑德堡（圖六b）以

圖六b：桑德堡
（Carl August Sandburg, 1878-1967）

錢幣做了很有智慧的比喻：「時間如同你生命中的硬幣。它是你唯一擁有的硬幣，只有你才能決定怎樣花用。要小心，不要讓別人替你用掉（Time is the coin of your life. It is the only coin you have, and only you can determine how it will be spent. Be careful lest you let other people spend it for you）。」最近我在車庫整理雜物，發現六本美國的集幣冊（圖七），分別爲一分、五分、十分、二十五分、五角及一元。這些集幣冊是摺頁式，攤開後如圖八所示，有圓形坑洞，可將每年發行的錢幣嵌入，這是我旅美時期所購買的。在美國定居時，每當外出買東西，找錢換回銅板後，就迫不及待地檢視其年分，看看是否未曾出現在集幣冊。每當找到新年分，就興奮地將之嵌入圓形坑洞，很有成就感。這本集幣冊我還差兩個年分，可惜沒有集滿就回台灣了。

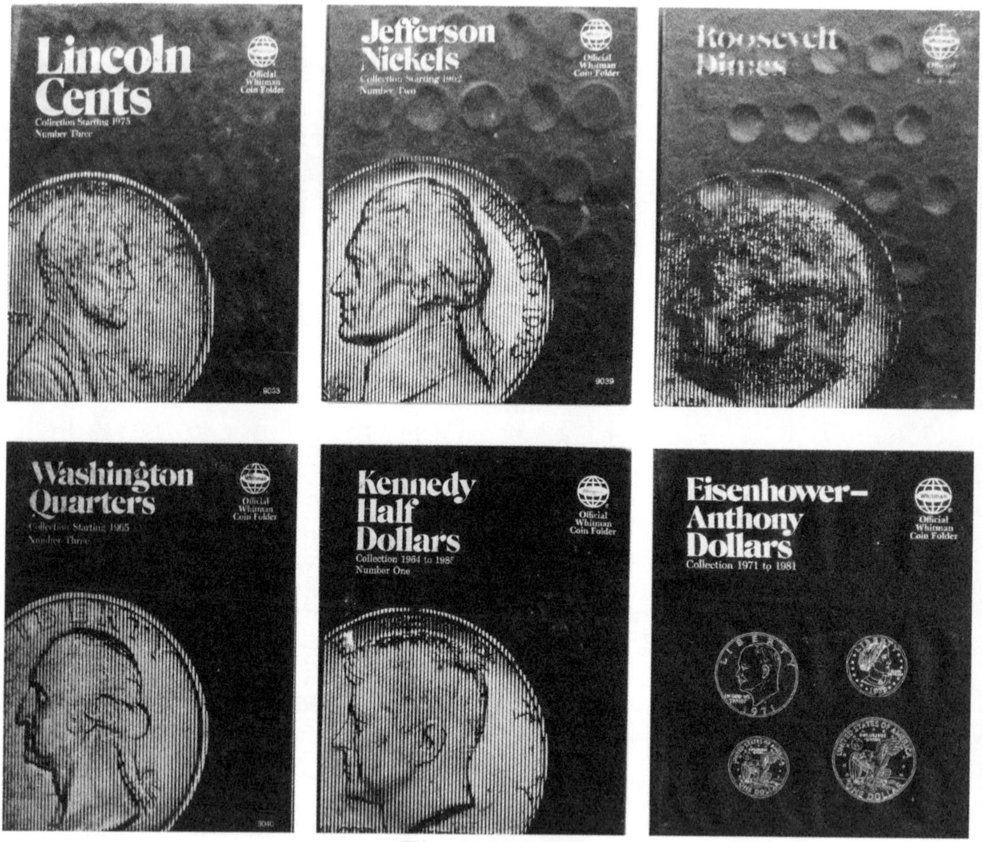
Lincoln Cents
Collection Starting 1975
Number Three
Official Whitman Coin Folder
Jefferson Nickels
Collection Starting 1962
Number Two
Official Whitman Coin Folder
Roosevelt Dimes
Washington Quarters
Collection Starting 1965
Number Three
Official Whitman Coin Folder
Kennedy Half Dollars
Number One
Official Whitman Coin Folder
Eisenhower–Anthony Dollars
Collection 1971 to 1981
Official Whitman Coin Folder

圖七：美國的集幣冊

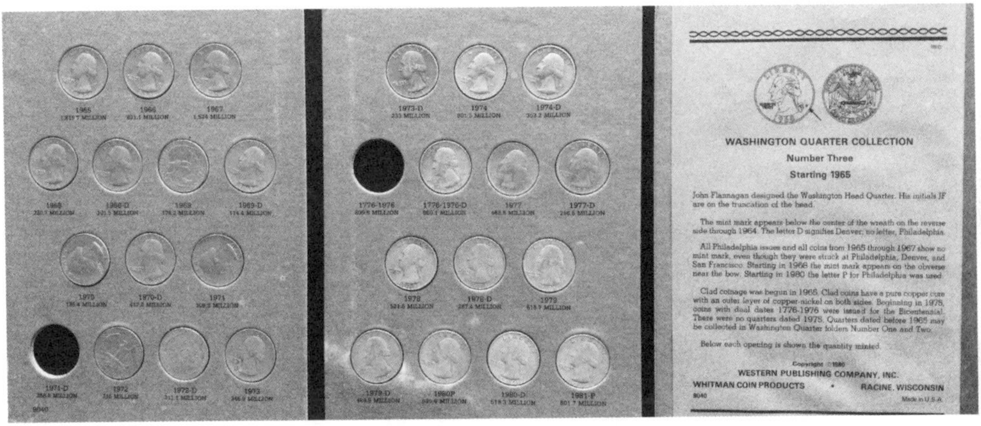

圖八：集幣冊是摺頁式，攤開後有圓形坑洞。

計算工具

圖一a：程大位（1533-1609）

算盤是最早期的計算工具之一。距今一千八百年前，漢末三國時期徐岳撰的《數術記遺》中敘述：「珠算，控帶四時，經緯三才」，這是對珠算的最早文字記載。第一個算盤圖畫出現於北宋畫家張擇端的《清明上河圖》，卷左趙太丞家藥鋪櫃檯上帳本左邊，有一個十五檔算盤。眞正普及算盤的推手是明朝的程大位（圖一a）。他參照商人的語法，完成了撥算盤的《九歸歌》，歌訣爲「二一添作五，逢二進一；三一三十一，三二六十二，逢三進一；四一二十二，四二添作五，四三七十……五一添作二，五二添作四，五三添作六，五四添作八，逢五進一。」這口訣更被引申於日常用語。章回小說《三俠五義》第二回有這麼一句：「好好兒的二一添作五的家當，如今弄成三一三十一了。」意思是本來兩人平分，多了一個人變成三人平分。《九歸歌》就像是計算機的演算法，每一句口訣相當於一行程式指令。以不同的排列組合念口訣撥算盤，就像在寫程式兼跑程式。

圖一b：納皮爾
（John Napier of Merchistoun, 1550-1617）

自算盤發明後，「計算工具」眞正的改進發生於一六一二年。蘇格蘭長老教會的修道士納皮爾（圖一b）聽到有人爲了計算龐大數值的商、積而感到苦惱，引導他發現對數法則（Logarithms）。納皮爾的創意是將大數目的積或商的運算，轉變成和或差的計算。此公思考往往出人意表，被稱爲「瘋子納皮爾」。「logarithm」是兩個字的組合：logos代表比例，arithmos則是數字。對數的表示法在人類文

圖二：奧特
（William Oughtred, 1574-1660）

明的演進扮演重要角色，因爲它可以將「很遠的數字」拉近到人們的眼前，顯著地擴大人類想像力的「視野」。他設計了所謂「納皮爾的骨頭」（Napier's Bones），是編了數字的木棒，排列後可用來計算。我大四時修專題研究，以邏輯閘製作一個快速乘法器，就是利用納皮爾的理論將乘法改成加法。

十年之後，奧特（圖二）將納皮爾的對數法刻在一種稱爲「滑尺」的器具上。這是往後近四百年的工程師都會用到的工具，甚至在阿波羅登月計畫的太空船內使用。我們今日使用的乘法符號「×」也是奧特發明的。英國於一九六四年紀念納皮爾，在蘇格蘭的首府愛丁堡成立納皮爾大學，我曾於二〇一六年拜訪該校。

「納皮爾的骨頭」是手動裝置。第一個機械式計算機器由日耳曼人辛卡德（圖三）於一六二三年所設計。其動機是希望能幫他的好友克卜勒（Johannes Kepler）做天文學的計算（Calculating Astronomical Tables）。這部計算器叫Rechenuhr，可以執行六位數的基本運算，並在溢位（Overflow）時，振鈴提醒。計算器也鑲嵌一組納皮爾的骨頭來執行更複雜的計算。這部

圖三：辛卡德
（Wilhelm Schickard, 1592-1635）

機器建造一半時毀於火災，因此沒人眞正看過這部機器。直到一九三五年，有人無意中在克卜勒的相關遺稿找到一六二三年的原始設計圖，證實辛卡德並非吹牛。爲了紀念辛卡德，德國的杜賓根大學（University of Tübingen）將該校的計算機科學研究所命名爲Wilhelm-Schickard-Institut für Informatik。

一六七一年萊布尼茲（Gottfried Wilhelm Leibniz, 1646-1716）製作了階梯式圓柱齒輪的計算器，稱爲Stepped Reckoner。因爲這種齒輪會自動累計數目，因此具有乘法與估計平方根的功能，擴充了辛卡德的計算器功能。一六七九年後萊布尼茲開始深入思考二進位算數（Binary Arithmetic），並以彈珠移動來表示二進位數字的運算。萊布尼茲於一七〇三年撰寫論文*Explication de l'Arithmétique Binaire*，闡述出今日電腦運算的基礎。

萊布尼茲屬於唯理論哲學家，一心想設計「推理機器」，如此人們若有爭論，也不需僵持不下，只要跑跑這部機器，就可以找出答案。他的想法促進了數理邏輯的研究。其實較萊布尼茲更早的笛卡兒（圖四a）已想將一切科學問題以套用公式的方法解決。這位老兄希望：「將

圖四a：笛卡兒
（René Descartes, 1596-1650）

圖四b：亞里斯多德
（Aristotle, 384B.C.-322B.C.）

一切問題化爲數學問題。將一切數學問題化爲代數問題。最後將一切代數問題化爲代數方程式求解。」世界當然不是像笛卡兒想像這麼單純。然而他發明了座標方法，創立了解析幾何，總算能把初等幾何問題化爲代數問題解答，但難免陷入繁雜而枯燥的計算中。笛卡兒是法國的哲學大師，在當時執數學理論之牛耳，但在他的學術著作都簽上他的拉丁文名字卡提修斯（Cartesius）。因此由他首創的直角座標系也稱卡提修座標系。

西方的數學發展承襲希臘幾何學研究，注重「求證」超過「求解」。然而針對問題本質不同，只好八仙過海，以花俏多端的方式見招拆招，證明問題，難有機械式的法則依循。亞里斯多德（圖四b）主張演繹推理，以「三段論」進行邏輯學的系統性研究，寫出《工具論》巨著，主宰西方近兩千年的研究。之後

圖五a：培根
（Francis Bacon, 1561-1626）

圖五b：波普爾
（Karl Raimund Popper, 1902-1994）

培根（圖五a）出世，主張唯物主義，認爲亞里斯多德的學說沒有事實基礎，《工具論》是一本瘋狂手冊。培根爲了「撥亂反正」，寫了《新工具》一書，闡述歸納推理。然而咱們剛提起的笛卡兒及萊布尼茲，另有唯理論哲學的想法，認爲數學演繹才是有效方法。而波普爾（圖五b）更對經典的觀測—歸納法批判，提出「從實驗中證僞」的評判標準，以區別「科學的」與「非科學的」研究。經過多年爭論，歸納法與演繹法雙方的觀點相互補充，逐漸接近。我曾經在博士論文中交互使用歸納法與演繹法來證明平行模擬（Parallel Simulation）演算法的正確性。

一九一〇年盧梭（圖六a）與懷海德（圖六b）合著《數學原理》（*Principia Mathematica*），是數理邏輯發展史上的一個重要里程碑，它有系統地全面性總結了自萊布尼茲以來在數理邏輯研究方面所

圖六a：盧梭
（Bertrand Arthur William Russell, 3rd Earl Russell, OM, FRS, 1872-1970）

圖六b：懷海德
（Alfred North Whitehead, 1861-1947）

取得的重大成果，奠定了二十世紀數理邏輯發展的基礎。這部著作的主要目的是想要說明整個純粹數學是從邏輯的前提出來的，並嘗試只使用邏輯概念來定義數學概念，同時盡量找出邏輯本身的所有原理。

迥異於西方，中國古代數學的本質在於「求解」，因此發展出機械式的解題法則。缺點是造成今日塡鴨式的「背公式教育」。但這種思維發展出的演算法，卻很適合計算機的運作。例如中國最早的數學著作之一《九章算術》，將書中的所有數學問題分爲九大類，就是「九章」，每一類分別給出解題方法。這些解題方法是一系列確定的步驟，任何人照本宣科都可以學會（不過大部分人是知其然不知其所以然，所以才被稱爲塡鴨式教育）。例如西元二六三年時，魏晉時期的劉徽在《九章算術注》，首創「割圓術」來求圓周率。這種方法是通過不斷倍增圓內接正多邊形的邊數來求圓周長。劉徽說：「割之彌細，所失彌少。割之又割，以至於不可割，則與圓周合體，而無所失矣。」這就是說，當圓內接正多邊形的邊數無限增加時，這個正多邊形的周長，就無限逼近圓的周長。當時計算工具十分落後，劉徽這位老先生用籌算（一捆細的棍棒），擺弄半天才計算出圓內接正一百九十二邊形求圓周率，也眞難爲他老人家啦。這方法是標準的機械的解題法則，任何人照辦都可得到答案。《九章算術注》的貢獻連密克羅尼西亞（Micronesia）都知曉，印行郵票紀念。

《九章算術注》中的「重差」分離出來，以另一個題目「今有望海島」命名，稱之爲《海島算經》。這本書被翻譯爲*Sea Island Mathematical Manual*，美國數學家斯委特茲（Frank Swetz）稱譽此書「使中國測量學達到登峰造極的地步，在數學測量學的成就，超越西方約一千年」（in the endeavours of mathematical surveying, China's accomplishments exceeded those realized in the West by about one thousand years）。

近代各式各樣的計算機推陳出新，運算能力大爲加強，而數學家則動起腦筋想用它們來證明問題。然而多年努力，卻很難有具體的成就。這個難題在一九七七年由一位中國科學家吳文俊（b. 1919）突破。吳文俊畢業於上海交通大學。他於一九九七年獲得自動推理領域最高獎

Herbrand Award，並在二〇〇六年獲頒邵逸夫獎數學科學獎。他繼承了中國古代數學的傳統（即演算法化思想）與計算機科學結合，研究幾何定理的機器證明，應用於符號計算軟體，被稱爲「吳方法」。這個方法的關鍵是將代數問題化爲恆等式的檢驗問題。而恆等式的檢驗問題可以機械化處理，因此整個問題可由計算機運算證明。然而，計算機的數值運算，總有誤差。本來要證明一個式子恆等於0，計算機卻告訴你一個很小的值，算不算是0呢？一九八〇年代中期，這個問題原則性被解決；亦即，在一定條件下，計算出結果的絕對值若小到某一程度，就一定是0。這類證明擴大了計算機的實用性。

圖七：艾佛森
（Kenneth Eugene Iverson, 1920-2004）

早期計算機以數學運算爲主。例如艾佛森（圖七）在哈佛大學當助理教授時，發展了一套數學表達式來操作陣列，以便教授學生。一九六〇年，他開始在IBM工作，按照他開發的數學表達式建立了電腦語言APL。

很明顯，計算機的快速演進，已能做困難的數學證明。例如一九七五年，拉賓（Michael Oser Rabin, b.1931）發明一個相當快速的隨機演算法，用於判斷一個大數是否是質數。快速質數檢驗是目前大部分公鑰密碼體系的關鍵。一九七六年拉賓和史考特（Dana Stewart Scott, b.1932）因此貢獻，共同獲頒圖林獎（Turing Award）。

計算機科學家努力尋找解決問題的計算方法，有一些問題找到了有效率的方法，同時也證明了方法的最佳性，不管任何人來做都不會更好。不過計算機也有其極限，若遇到太複雜的演算法，跑一輩子也找不到答案。這種計算問題稱爲NP-Complete（這個稱呼是計算機領域大老Knuth叫出來的）。我們在討論一個問題若說：「這問題是NP-Complete。」那就不要浪費時間，苦思確切答案，而是開始動腦筋找近似的替代方案。在NP-Complete計算理論早期有重要突破貢獻的人物是庫克（Stephen A. Cook, b.1939）。他證明所有ＮＰ（難解）的問題都可以轉換爲某一個滿足性問題（Satisfiability，SAT），而如果ＳＡＴ問題是易解的（我們稱之屬於Ｐ），那麼所有的ＮＰ（難解）問題都有能找到易解的答案（屬於Ｐ）。之後對ＮＰ理論有重大貢獻的是卡普（Richard Manning Karp, b.1935），在一九七二年證明了二十一個重要的問題都和ＳＡＴ問題具有一樣的性質，也就是說其中任何一個問題如果屬於Ｐ，那麼就會得到ＮＰ＝Ｐ的結果。

而在時間上，一個演算法到底要跑多久，亦有理論，主要由哈特曼尼斯（Juris Hartmanis, b.1928）和斯德恩（Richard Edwin Stearns, b.1936）提出。計算機理論在計算機科學家的腦力激盪下，變得五彩繽紛，有許多意想不到的結果產生。我相信，未來將計算機和數學及物理結合，應有更奇妙的火花產生。

光子源與照骨術

Great discoveries are made accidentally less often than the populace likes to think.

——倫琴（Wilhelm Conrad Röntgen）

二〇一四年十月我到莫斯科大學參訪高能物理系（圖一）。莫斯科大學特別帶我們參觀其粒子加速器（圖二），看起來已有三十、四十年歷史，似乎頗為老舊。我好奇地問，這個設備好用嗎？莫斯科大學的的教授露出滿足的微笑（圖三），說這套設備讓他們發表許多世界一流的期刊論文。

我告訴莫斯科大學的教授，台灣的國家同步輻射中心歸科技部管轄，他們都異口同聲地說，台灣的設備世界一流，台灣的教授相當幸福，有這麼好的研究環境。

圖一：莫斯科大學的高能物理系正門

圖二：莫斯科大學的粒子加速器（Particle Accelerator）

圖三：俄羅斯教授對於研究環境相當樂觀

國家同步輻射研究中心位於新竹科學園區西北角，占地十四公頃，其正門面對交通大學的南大門（圖四）。

二〇一五年一月二十五日我到國家同步輻射中心參加「台灣光子源」落成典禮，馬英九總統也到現場。我第一位致詞，提到「光」是人類觀察大自然的重要媒介。以往藉由可見光，我們以肉眼觀察各種現象，一八七九年愛迪生（圖五）發明電燈，對人工光源的產生有了革命性的轉變。

一八九五年倫琴（Wilhelm Conrad Röntgen, 1845-

圖四：國家同步輻射研究中心的模型，擺麥克風處是交通大學校園。

圖五：愛迪生
（Thomas Alva Edison, 1847-1931）

圖六：勞倫斯
（Ernest Orlando Lawrence, 1901-1958）

1923）發現X光（X-ray），人工光源的產生有了第二次革命性的轉變，因此倫琴在一九〇一年贏得了第一屆諾貝爾物理獎。在X光儀器發明八個月後，李鴻章見證了這項技術，很得意地取名爲「照骨術」，並將之引進中國。致詞完，馬英九總統告訴我，他曾到過俾斯麥的舊居，看過李鴻章留給俾斯麥的墨寶。在致詞中，我說李鴻章照了頭顱的X光，馬總統說他印象中李鴻章受傷處是手臂，旁邊的陳力俊教授也說是手臂，三個人在典禮的講台上爭論一番。我事後查證，一八九五年三月二十四日李鴻章在日本簽訂馬關條約時，日本人小山豐太郎（1869-1947）刺殺乘轎出行的李鴻章，槍擊其左臉。因此我並沒說錯，李鴻章是照頭部的X光。我說李鴻章受傷，國際譁然，這一槍日本理虧，稍微讓步，爲中國爭取了一點權益。馬總統微笑點頭，表示同意。

李鴻章口中的「照骨術」經過多年發展後，成爲研

圖七：阿爾瓦雷茨
（Luis Alvarez, 1911-1988）

圖八a：麥克米蘭
（Edwin Mattison McMillan, 1907-1991）

圖八b：弗拉基米爾
（Vladimir Veksler, 1907-1966）

究晶體結構極佳的工具。一九〇〇年維拉德（Paul Ulrich Villard, 1860-1934）發現波長最短的伽瑪射線，可用來探索原子核內的世界。一九二九年柏克萊加州大學的勞倫斯（圖六）發明最早的環形粒子加速器，是爲迴旋加速器（Cyclotron），將帶電粒子通過高頻交流電壓來加速。

同步加速器（Synchrotron）是一種環形的粒子加速器，最早由阿爾瓦雷茨（圖七）發展來研究高能粒子之裝置。麥克米蘭（圖八a）在一九四五年建立第一個電子同步加速器，弗拉基米爾（圖八b）則早於一九四四年在蘇聯雜誌發表相同原理。之後歐力峰（Mark Oliphant, 1901-2000）於一九五二年設計並建造第一個質子同步加速器。粒子加速器開始在一些大醫院建造，以用於治療癌症。

二〇一六年啓動台灣光子源（圖九），當年產生的光源亮度世界第一，是眞正的台灣之光。它的運作可藉由圖九詳述如下：電子在九萬伏特電子槍內產生，經過直線加

圖九：在落成典禮，馬總統（中）和我（左）短暫交談李鴻章的故事。

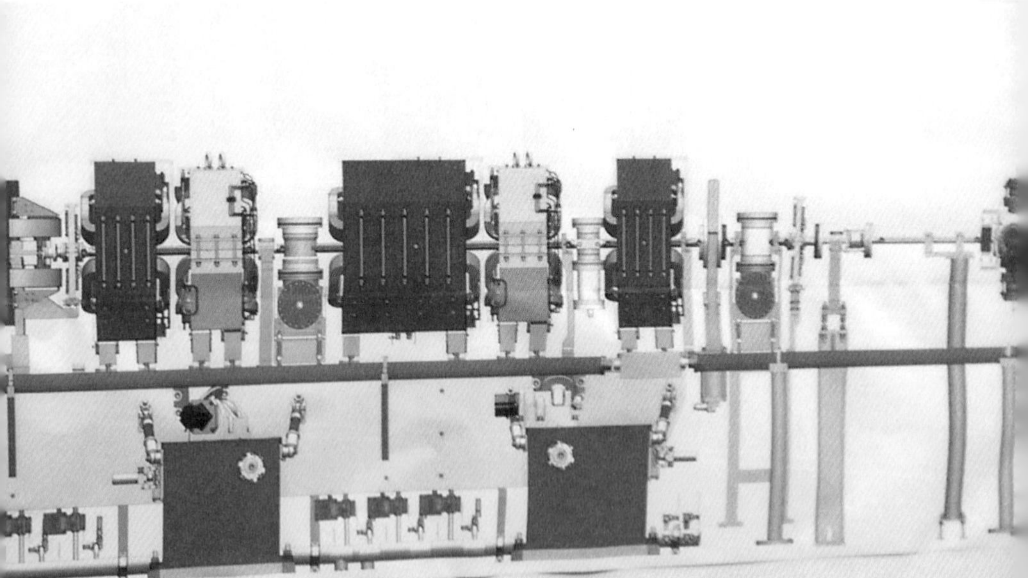

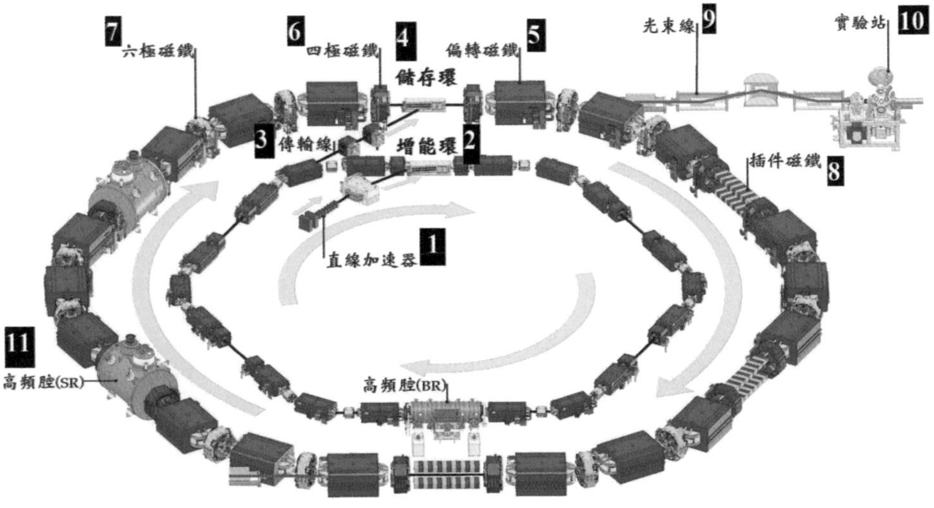

圖十：台灣光子源的運作

圖十一：台灣光子源的藍黃紅磁鐵組合

速器（圖十1）提升能量為一億五仟萬電子伏特。電子束進入增能環（圖十的內圈2）後，繼續增加能量至三十億電子伏特，速度非常接近光速（0.99999986倍）。

增能環的電子束經由傳輸線（圖十3）進入儲存環（圖十的外圈4）。同步加速器中的電子束具有固定軌道，在儲存環真空的環境中不斷地運行。儲存環包含了直線段與彎曲的部分，前後相連在一起，因此在結構上和粒子迴旋加速器有很大的不同。以國輻中心為例，同步加速器克服粒子迴旋加速器所遇到的問題，係使用一個較小的管子來傳送粒子束，儲存環中彎曲部分的管子旁可裝設許多聚焦用的磁鐵設施，使粒子束聚焦並進行週期運動。在經過偏轉磁鐵（圖十5～7）及插件磁鐵（圖十8）時會發射出高亮度的同步光束，當儲存環累積足夠電子束後，電子束發出的同步光束經由光束線（圖十9）引導至實驗站（圖十10）進行實驗。電子束發射出光子時會損失能量，此時藉由高頻共振腔讓電子束獲得能量的補充。高頻共振腔（圖十11）設置於儲存環直線段的部分，使用高功率的微波提供電子加速所需的電場，補充失去的能量。

圖十6～8包括三種磁鐵，以顏色標示。圖十一為放大圖，當中紅色是偏轉二極磁鐵，藍色是四極磁鐵，黃色是六極磁鐵，磁鐵由國輻中心設計後委由紐西蘭製造，因此紐西蘭駐台代表范希蕾（Si'alei Van Toor）也來參加典禮，見證台灣光子源的啓用。儲存環中的偏光聚頻器

圖十二：偏光聚頻器是國造，其水準亦是世界級。

（圖十二）是國造，其水準亦是世界級。

關於李鴻章與俾斯麥會面，將「照骨術」引進中國這段公案，我於二〇一五年三月到德國，曾經詢問過德國友人。一八九六年李鴻章（1823-1901）訪問德國，特別到非得里路（Friedrichsruh）拜訪俾斯麥，俾斯麥擺設家宴招待李鴻章。俾斯麥問他：「你當了一輩子的中國宰相，有什麼足以自傲的政績？」李鴻章說他領導淮軍剿滅了太平天國和造反的捻匪。俾斯麥說：「眞是很崇高啊！不過我們歐洲人認爲要戰勝外族才是功勞。國內自相殘殺來保持一國的穩定，我們歐洲人不拿出來談。」碰了軟釘子後，李鴻章仍然得意地告訴俾斯麥，有人稱他是「東方的俾斯麥」，俾斯麥則笑著說，沒有人說他是「歐洲的李鴻章」。這一番話其實是在諷刺李鴻章簽下喪權辱國的馬關條約，無情地暗示李鴻章高估了自己。李鴻章於前一年在日本遇刺，臉部受傷。俾斯麥向他介紹德國科學家倫琴（圖十三）發明的X光（X-ray）儀器，可檢視傷口。倫琴篤信宗教，認爲耶穌要照出暗中隱情，讓他有此新發現，因此以希臘文「基督」的第一個字母X爲名，稱爲X光，即基督之光。這個貢獻讓倫琴在《歷史上最有影響力的一百人》排名七十三。

李鴻章在德國官員的陪同下，去柏林醫院接受X光檢查。李鴻章親眼看到X光片，顯示鉛彈鑲入其頭骨的位置，大感興趣，爲此技術取名爲「照骨術」。離開醫院時，李鴻章希望德國能出售一台X光儀器給中國，柏林醫院院長慷慨回答，願意免費奉送一部給中國。因此李鴻章不僅是第一個照射X光的中國人，也是把X光設備引進中國的人。李鴻章臨別時留下墨寶一幅贈送俾斯麥，曰：「仰慕畢王（俾斯麥）聲名三十餘年，今遊歐洲，謁晤於非得里路府第，慰幸莫名。」

圖十三：倫琴
（Wilhelm Conrad Röntgen, 1845-1923）

提到德國近代歷史，俾斯麥（圖十四）是一位關鍵人物，因此在《十大德國偉人》中名列第九。一八六二年俾斯麥擔任首相，在下議會發表「鐵血演

圖十四：俾斯麥
（Otto Eduard Leopold von Bismarck, 1815-1898）

說」（Blut und Eisen）：「當代的重大問題不是通過演說和（議會）多數派決議所能解決的……而是要用鐵和血來解決！」從此俾斯麥被冠上了「鐵血宰相」的綽號。爲了解決與議會的衝突，爭取軍費，他籌畫統一德國，發動三場戰爭。第一場是一八六四年的普丹戰爭（Deutsch-Dänischer Krieg），打敗經常插手德意志事務的丹麥。接下來是一八六六年的普奧戰爭，又稱爲德意志之戰（Deutscher Krieg）或兄弟之戰（Bruderkrieg）。普奧戰爭獲勝後，俾斯麥仍有心腹大患法國。此時法國還在幕後操控著德意志的南部各個邦國，阻礙德國統一。一八七〇年，俾斯麥引發普法戰爭（Deutsch-Französischer Krieg），俘虜了法皇拿破崙三世（Charles Louis Napoléon Bonaparte, 1808-1873），普魯士國王威廉一世得意洋洋地在法國凡爾賽宮登基，宣布德意志帝國成立。

德國統一後，俾斯麥不像拿破崙一般，大量掠奪殖民地，而是休養生息，練兵侍糧，培養國力。一八七三年他和奧匈帝國、俄羅斯締結「三帝同盟」，孤立法國。比起李鴻章，俾斯麥的政治軍事手段，實在高明太多了，他的眼光銳利，如同「歷史照骨術」，透視了國際歷史的情勢，爲德國找到最有利的發展方向。

科技預測

To predict is difficult - especially the future.

——波爾（Niels Bohr）

圖一：波爾
（Niels Bohr, 1885-1962）

在執行科技計畫時，要做預測，必須找到對照組，來彰顯計畫執行的成效，以昭公信。最好的答案當然是「五年後我們的技術會超英趕美」。然而並非每一項技術都能達成。萬一力有未逮呢？有人靈機一動，說「五年後我們的技術會和英美同步」。「同步」意指現在落後英美三年，五年後仍然落後三年，委婉的說法。其實有很多科學技術發展的狀況是很難預測的。諾貝爾獎得主波爾（圖一）就曾說：「To predict is difficult

- especially the future.」認爲未來的發展是很難鐵口直斷的。

我最怕上級要求我寫「十年規劃」。我承認自己是死硬保守派，頂多只能規劃二、三年。狗急跳牆，硬掰一份「十年規劃」，簡直像意淫式的科幻小說。我雖然憚於此道，卻有許多愛預言的算命仙，樂此不疲。反正預測未來是沒有責任的，時間未到，沒人能指責你的錯誤。我回頭看以前的「長程規劃」或預測，往往捧腹大笑。咱們翻開美國非營利組織哈得遜學院（Hudson Institute）在一九六七年做的權威性預測報告，預言到公元兩千年的世界展望：The Year 2000: A Framework for Speculation on the Next Thirty Three Years，念幾段讓讀者諸君開開眼界。

在政治方面，哈得遜學院預測：「China and Taiwan will be recognized by the UN as independent states.」一九六七年，聯合國承認中華民國而不是中國大陸。美國一直希望和中國大陸建立關係，勸國府雙重承認。只是咱們的先總統　蔣公（蔣字前要空一格以示崇敬），其介如頑石，漢賊不兩立，結果是台灣在一九七一年被逼，退出聯合國。今天最希望實現哈得遜學院預測的，反而是支持台獨的人士。

在經濟方面，哈得遜學院預測：「An independent East Germany will be one of the world's ten richest countries, per capita.」結果是蘇聯崩盤，柏林圍牆（Berliner Mauer）於一九八九年十一月九日倒塌，東西德合而爲一。但統一後初期，兩德在經濟、社會、生活方式等方面的差距似乎

圖二：柏林圍牆

並未縮減。德國權威調查機構「福薩」的一項二〇〇八年調查結果顯示，不少德國人對兩德統一後的二十年表示失望。又經過十年的努力，在德國女強人梅克爾（Angela Dorothea Merkel）領導下，柳暗花明又一村，二〇一七年時已是一番繁榮景象。柏林圍牆被切成許多片段，送到世界各地紀念。當中有一片段送給美國華盛頓州的微軟總部，我有幸參觀。二〇一五年三月我因公務訪問德國，特別在柏林圍牆前拍照留念（圖二）。

在社會方面，哈得遜學院預測：「Americans will enjoy 4-day work weeks and 13-week vacations.」很顯然，美國人在二〇〇八年時仍然每星期工作五天。不過，到了二〇〇九年，景氣變壞，美國有很多人放無薪假，每星期工作不到四天啦，很悲慘地實現了哈得遜學院的預測。二〇一〇年，景氣恢復，每星期又工作五天。二〇一七年，台灣實施一例一休，讓勞資雙方都不爽，能成立這種雙輸的法案，也算是台灣奇蹟。

在技術方面，哈得遜學院預測的科技包括：「House cleaning robots, ubiquitous moving sidewalks, individual flying platforms, cryonic freezing and revival of humans.」哈得遜學院在技術方面的預測，還有點譜。清潔房子的機器人是有啦，只是不實用，也不普遍。移動的人行道在機場是有的，但可不是無所不在（Ubiquitous）。一九五五年就已經有人設計出飛行平台（Individual Flying Platform），所以哈得遜學院不算是先知先覺。飛行平台這玩意並不實用，只

圖三：華生
（Thomas J. Watson, 1874-1956）

圖四：艾肯
（Howard Hathaway Aiken, 1900-1973）

出現在《007》和《蜘蛛人》這類電影。至於冷凍復甦醫療技術仍屬天方夜譚階段，就不細表了。今日全世界則極力研發人工智慧以及自動駕駛汽車，是最被看好的未來科技。

我喜歡的雜誌*Popular Science*在一九四九年也做預測：「未來電腦的重量不會超過一・五公噸。」這預測當然沒錯，只不過可笑得讓人噴飯。IBM的老闆華生（圖三）則說過：「I think there is a world market for maybe five computers.」全世界只需要五部電腦？如果IBM員工相信他的遠見，那麼個人電腦的市場就永遠被蘋果電腦稱霸。

不過，有另外一說法是，Mark I電腦的主要設計者艾肯（圖四）在經過估計後，認爲大型電腦的需求量不會超過六部，而IBM則依據艾肯的分析，調整其市場及產品策略。因此，要爲這個可笑的「電腦數目」預測負責的人是艾肯。

迪吉多（Digital Equipment Corporation簡稱DEC）的共同創辦人兼總裁奧爾森（Ken Olsen）在一九七七年說：「There is no reason anyone would want a computer in their home.」迪吉多以生產迷你電腦（Mini-Computer）著稱。一部電腦主機放在機房，讓多位使用者以終端機（Terminals）共同使用。奧爾森認爲有了迷你電腦，家中就沒人需要電腦。因爲經營策略的一念之差，迪吉多公司一九九八年被康柏電腦（Compaq）收購，而康柏電腦又在二〇〇二年被惠普公司併購。有分教，長江後浪推前浪，黃河大魚吃小魚。然而奧爾森的「主機－終端機」的觀念鹹魚翻身，是今日最夯的雲端運算觀念。

傳聞微軟的蓋茲（Bill Gates, b.1955）曾說：「640K ought to be enough for anyone.」不過蓋茲否認有此一說。我眞希望蓋茲曾說過這句話，並且信守諾言。如此，微軟就不會發展像VISTA這種恐龍怪獸，害客戶們使用得哀哀叫（微軟終於認錯，二〇一〇年後沒人用VISTA）。而微軟再接再厲地推出Window 10，也是超級難用，我的學生以台語發音，稱之爲「穩死」。

前面預測的例子都錯得離譜，那麼有人眞的能鐵口直斷？大家都知道Intel共同創辦人摩爾（Gordon Moore, b. 1929）於一九六五年說：「The transistor density of semiconductor chips would double roughly every 18 months.」這個摩爾定律仍然神準，令人津津樂道。

我最佩服的科技預言家是法國作家凡爾納（圖五）。他的科幻小說包括《地心遊記》（*A*

圖六：威爾斯
（Herbert George Wells, 1866-1946）

圖五：凡爾納
（Jules Gabriel Verne, 1828-1905）

Journey to the Center of the Earth）、《飛向月球》（*From the Earth to the Moon*）、《海底兩萬浬》（*Twenty Thousand Leagues Under the Sea*）、《環遊世界八十天》（*Around the World in Eighty Days*），以及《神祕島》（*The Mysterious Island*），當中描述太空、海底、地心的種種現象，並預測一些未來的發明，例如潛水艇。年幼時讀他的小說，一直充滿對科幻的驚喜。凡爾納是勤奮的作家，每天五點起床一直伏案寫作，長達十五個小時。中間僅以片刻用餐，就又拿起了筆。他妻子關切地說：「你寫的書已不少了，爲什麼不好好休息？」凡爾納笑著說：「你記得莎士比亞的名言嗎？哪能不抓緊時間呢？」莎翁說的是：「放棄時間的人，時間也會放棄他。」

另外一位我佩服的科技預言家是威爾斯（圖六）。最早描述坦克車這種概念的文字記載，出現於威爾斯的短篇小說*The Land Ironclads*，發表於一九〇三年十二月的*Strand Magazine*。該車可以輕而易舉地跨越敵營的壕溝，正是坦克車的原型。威爾斯的科幻小說對該領域影響深遠，如「反烏托邦」（Dystopia）、「外星人入侵」（Alien Invasion）、「時間機器」（The Time Machine）等都是二十世紀科幻小說中的主流話題。威爾斯以大頭聞名於世，帽子得特別訂製。他對自己文章的創新性很有信心，曾向朋友誇口：「我五十年前寫的論文，如果今日重新刊登，可以一字不改，也不會過時。」的確，威爾斯預言的科技對科學家有很大的啓發，能在多年後實現。

關於威爾斯的「時間旅行」，科幻大師海萊因（圖七）在小說中提出時光旅行的技術「心電感應」（Telepathy），亦即「心有靈犀一點通」。這個句子語出李商隱（813-858）〈無題〉詩：「身無彩鳳雙飛翼，心有靈犀一點通。」比喻戀愛中男女雙方的心心相印。現在則多用於形容兩個人有默契的心領神會。利用心電感應爲通訊媒介的構想是海萊因在一九五六年的一本小說《異星遊》（*Time for the Stars*）的構想，描述人類到遠離太陽系的星球探險。由於光速限制，無線電波的通訊會有數年的延遲，因此開發心電感應的通訊模式進行即時通訊。當然了，這種說法漏洞甚多。

圖七：海萊因
（Robert Anson Heinlein, 1907-1988）

根據相對論，當太空船以光速旅行時，太空人的老化較地球人遲緩。兩方心電感應通訊機制隨著時間的增加，折舊率大不相同，是否能夠同步連接上，還得好好「科幻」一番呢。

本文提到蓋茲預言錯誤的糗事，其實他也有預測神準的時候。他在一九九九年出版《數位神經系統》（*The Speed of Thought*），提出十五大預言，幾乎全部實現。例如，人們可透過行動裝置（Mobile devices）隨時保持聯絡外，也能從事電子商務、瀏覽新聞或是查詢金融訊息。社交媒體（Social media）讓彼此可以聊天，計畫各種活動。比價網站（Price comparison sites）將會出現，幫助買家找到最便宜的產品。網路招聘（Online recruiting）讓求職者透過網路揭露自己的興趣、需求及專業技能等訊息，就能找到工作。個人助理與物聯網（Personal assistants and the Internet of Things）讓個人助理愈來愈聰明，可以同步個人家中或辦公室內的設備，自由交換數據。智慧廣告（Smart advertising）能知道消費者購買傾向，展示量身訂做的智慧廣告，而現在大多數在線廣告服務都已經具備類似功能，廣告主可根據用戶的點擊歷史、個人興趣或是購買模式鎖定目標用戶。遠端住宅監測（Online home-monitoring）讓屋主能即時了解自家住宅的狀況。

你能為自己做什麼

遊兮王孫自可留‧隙駟勤翼助持盈

——林一平

圖一：甘迺迪
（John Fitzgerald Kennedy, 1917-1963）

二〇一二年十一月某日我受邀出席一場由台積電張忠謀董事長作東的晚宴。餐中閒聊台灣的高等教育，張董事長語重心長地提到，今日的年輕人抱怨社會欠他們大學教育，是奇怪的現象。其實我的觀察，不只是大學生，整個社會的風氣，不問自己能做什麼貢獻，而是怪別人沒幫你做什麼事。於是乎動不動就要別人道歉，要別人「踹共」。踹共是閩南語，有挑釁意味，意思是要別人出來說清楚，講明白。此時，甘迺迪（圖一）的名言「不要問你的國家能爲你做什麼，要問你可以爲你的國家做什麼（Ask not, what your country can do for you. Ask what, you can do for your country）。」就更發人省思了。其實，我們先不要談「問你可以爲你的國家做什麼」，更基本的，抱怨社會欠他們的年輕人，可能應該先「問你可以爲你自己做什麼（Ask what, you can do for yourself）。」

我想到小時候讀布朗（Marcia Joan Brown, b.1918）的童話《石頭湯》（*Stone Soup*）。這個故事敘述一位參與拿破崙戰爭（Napoleonic Wars）的年輕法國士兵，旅次回鄉，路過小村莊，又累又餓，村民們卻不肯給食物。年輕士兵拿出一塊石頭說：「那可不可以借一只鍋子和水，我想煮石頭湯來喝。」村民們很好奇，就搬了一口鍋，讓士兵煮水。士兵將石頭丟入，水開了，湯水咕嚕咕嚕地作響。村民們說：「這湯滾了。」年輕士兵說：「美味的石頭湯如果有一點洋蔥就更美味了。」一個村民聽了就到後院的菜園裡拔了兩顆洋蔥，讓士兵丟進鍋子裡。再煮一會兒，士兵說：「再加馬鈴薯就更美味了。」另一個村民又找來馬鈴薯，丟進鍋子裡。接下來年輕士兵花言巧語，番茄、西芹、牛骨等各種食材都進入鍋中，最後加上鹽和胡椒，美味得不得了。士兵煮好後和村民們分享，皆大歡喜。我認爲希望別人幫助時，至少也要自己做點事，心存感恩，像年輕法國士兵，身段柔軟，煮出一鍋好湯，而不是抱怨錢少，又做不出成果。

我更進一步想到一本日文書《西國立志編》，教導人們必須自助，檢討自己盡了多少努力，然後才有可能獲得人助。這是一本我們都應該讀的書。《西國立志編》的故事說來話長，讀者諸君聽我慢慢道來。

一八五二年非洲海岸發生一場船難。事件發生後不久，一位長鬚長者在英國利茲市（Leeds）一間簡陋空曠的房間，向一群年輕人說明整個海難的經過。演講者以具磁性的低沉語調敘述這個故事：「一艘英國郵輪在非洲海岸撞上礁石，即將要沉沒，僅有的幾艘救生艇載滿婦女與兒童。有人慌亂地繼續要擠上救生艇，此時船長堅定地大喊：『不要再登上小艇，不然小艇會翻覆。』混亂的人群，頓時平靜，不再想爭先恐後地擠上小船。最後這群人犧牲自己，淪爲波臣，而讓婦女兒童獲救。他們面對死亡時表現出的勇氣，楷模足式，流傳於世。」這些年輕人聚精會神地聽著講演，受到極大的感召。

圖二：斯邁爾斯
（Samuel Smiles, 1812-1904）

這位演講者是蘇格蘭作家及政治改革者斯邁爾斯（圖二），曾經多次向這一群年輕人演說。而這個定期的演講聚會，緣起於兩三位下層社會窮苦的年輕人。他們渴望提升自己，約定在傍晚聚會，互相交換知識。沒多久，更多窮苦的年輕人加入這個聚會，人數增加到一百多人。整個相互教學的聚會以堅定的意志持續進行，方式是由懂不多的人教導懂更少的人，提升他人，也提升自己。（Those who knew a little taught those who knew less, improving themselves while they improved the others; and, at all events, setting before them a good working example.）

這群年輕人當然認知到自身學問不足，學習過程進行得並不完美，因此需要一位導師來帶領他們。他們找到了心目中的導師斯邁爾斯，謙卑地邀請他來演講。斯邁爾斯早年喪父，母親以樂觀進取的態度獨力持家，深信只要努力，「The Lord will provide」。母親的信念深深影響斯邁爾斯，而他也極願意幫助窮苦的年輕人。

接受演講邀約後，斯邁爾斯思考如何引導這群年輕人。他不想以教條方式演說，而決定要以一些鼓勵的句子，很眞誠地和聽眾交流。演講的方式定調後，他以淵博的見聞，敘述許多眞實的故事，告訴年輕人如何勤奮地自我修養（Diligent Self-culture）、自我磨練和自律（Self-discipline and Self-control），引領他們以誠實、正直的態度，認眞地履行職責，並讓他們相信，只要敬業，必將獲得幸福生活。換言之，他啓發年輕人如何經由自助及互助的過程來榮耀人格的特質（Glory of manly character）。他的故事結合了維多利亞時代的道德觀（Victorian morality）及自由市場的概念，很有說服力地呈現出節儉、努力工作、教育、堅持不懈，以及合

圖三a：偉治武德
（Josiah Wedgwood, 1730-1795）

圖三b：瓦特
（James Watt, 1736-1819）

圖三c：史蒂文生
（George Stephenson, 1781-1848）

理的道德觀特質（Sound moral character）的好處。他取材各行各業成功的例子，例如瓷器工業的偉治武德（圖三a）是達爾文的舅舅，發明乳白瓷器（Cream Ware）技術，讓餐瓷的製作進入新的境界。鐵路工業的瓦特（圖三b）一生受到偏頭痛的折磨，自幼身體虛弱。班上的同學常欺侮他，還罵他「笨蛋和無能」。但十三歲起，他對幾何產生了興趣，智力開竅，飛速發展，之後他發明了蒸汽機，對工業革命產生推動作用。史蒂文生（圖三c）於一八二五年在史塔克頓—達靈頓鐵路（Stockton & Darlingtong）製造世界上第一個火車頭，行駛於原先使用馬車來託運煤礦的鐵路。紡織工業的查卡（圖四a）發明的花梭機（圖四b），這個概念被應用於計算機程式的編寫，對計算機科學有重大貢獻。斯邁爾斯敘述這些故事，深深打動了聽眾的心靈。這些年輕人依循其指導，有爲者亦若是，後來出人頭地，活躍在英國社會，成爲各個領域的菁英。

斯邁爾斯發現他的演講可以有效提升年輕聽眾的心靈境界，於是在一八五六年時決定根據這些演講稿寫出一本書，讓他的理念更能廣泛流傳。書中講述並分析西方歷史上各行各業重要成就的人物事蹟及其思想，以激勵人們的心智。三年後，斯邁爾斯完成了《自助論》（*Self-Help*）。這本書和達爾文（Charles Darwin）的《物種起源》（*Origin of Species*）及密爾（圖五）的《論自由》（*On Liberty*）並列爲一八五九年歐洲出版的三本巨著。

《自助論》開宗明義地寫著：「天助自助者（Heaven helps those who help themselves）。」這句話應該是抄自富蘭克林（Benjamin Franklin, 1706-1790）的《窮理查曆書》（*Poor*

圖四a：查卡
（Jacquard ; Joseph Marie Charles, 1752-1834）

圖四b：花梭機（Jacquard loom）

圖五：密爾
（John Stuart Mill, 1806-1873）

圖六：英千里
（1900-1969）

圖七：中村正直
（1832-1891）

Richard's Almanac）中的格言：「God helps them that help themselves」，高度推崇能克服苦難走向成功的人們。斯邁爾斯說：「艱難困苦和人世滄桑是最嚴厲而又最崇高的老師……貧困並不可怕，可怕的是沒有自立的精神……如果永遠不能自立，則永遠不能擺脫貧困。只有自立的人格力量才能拯救自己。」更高的層次就是要勇於面對困難的挑戰。就如同已故台大外文系教授英千里（圖六）的名言：

「克服困難，就是藝術。」

《自助論》勵志了許多英國青年，但它創造最大的奇蹟不在英國，而是在日本。日本因爲這本書而國力大幅向上提升，成爲達到「脫亞入歐」的主因之一。一八六六年日本幕府派遣十二名少年去英國留學，由三十五歲的中村正直（圖七）領隊。回國時，中村正直的英國友人送他一本《自助論》。兩個月在船上的歸國航程中，他一直研讀《自助論》，欲罷不能，終於領悟大英帝國爲什麼如此壯大繁榮。中村正直很興奮地翻譯《自助論》爲日文，取名《西國立志編》。他並非單純翻譯，而是在消化吸收後加上了自己的感言與見解。例如中村正直在翻譯第十三篇時，做了如下注解：「論品行即論眞正的君子。」就是在評論斯邁爾斯敘述的一八五二年非洲海難故事。中村正直由《自助論》引申出「人當以全部精力，勉力於一時一事；其人即使人性至鈍，一生之間也能成就一事。」這句話深遠地影響到那個年代日本人做事的態度。《西國立志編》對日本的巨大貢獻可由《日本文學大辭典》的評論窺見：「中村正直的著作對日本所產生的感化作用，堪稱空前……中村正直讓人們看到了品德的世界。」

中村正直「勉力於一時一事」的態度，居禮夫人也有相同的說法，認爲人生的過程本來就不簡單，然而怨天尤人無濟於事，應該改變態度，對自己有信心。居禮夫人的結論和中村正直類似，她說：「We must believe that we are gifted for something and that this thing must be attained.」

一八九四年甲午戰爭，中國因慘敗而產生崇日心態，開始鼓吹遊學日本：「遊學之國，西洋不如東洋。一路近費省，可以多遣。一去華近，考察易。一東文近中文，易通曉。」留日之際亦大量翻譯日本的書籍。在此風潮之下，《自助論》被譯爲中文。梁啓超（圖八）說：「日本中村正直者，維新之大儒也。嘗譯英國斯邁爾斯所著書，名曰《西國立志編》，又名之爲

圖八：梁啓超
（1873-1929）

《自助論》。其振起國民志氣，使日本青年人人有自立自重之志氣，功不在吉田西鄉下矣。」然而中國人對《自助論》的體會顯然不如日人。這本書對中國的影響幾乎沒見到任何記載。

中村正直將《自助論》消化吸收後，加上了自己的看法，將這本書的精神以適合日本國情的形式呈現於日本國人面前，易於實踐。反觀中國，雖然知道西方的優點應該學習，卻只會全套複製，知其然而不知其所以然，最後往往只學到半套。張之洞《勸學篇》的水準，也只不過是「西學甚繁，凡西學不切要者，東（洋）人已酌刪節之，中東（洋）情勢風俗相近，仿行較易。事半功倍，無過此者。」自己不會消化吸收，卻等著日本人幫你消化吸收；只會照單全收，未見變通，可行乎？日本人的模仿，則大部分能青出於藍，更勝於藍。

我們老中模仿國外的學習，往往「橘越淮而為枳」，例如台灣的「建構式數學」。為何如此，是我們應該深思的。然而我們也不應該認為我們不行，自卑承認「橘越淮而為枳」。我們應牢記，自助而後天助，只要努力，沒有辦不到的事。如同賽珍珠（圖九 a）所說：「All things are possible until they are proved impossible - and even the impossible may only be so, as of

圖九a：賽珍珠
（Pearl Sydenstricker Buck, 1892-1973）

圖九b：卡佛
（George Washington Carver, 1864-1943）

now.」我們遇到問題時，應自立自強，努力找答案，而非放棄或一味依賴別人幫你找答案。

我再舉兩個自助的例子和讀者諸君共享：卡佛及包狄池。卡佛（圖九b）是孤兒，爲黑奴之後，因自助而後人助，成爲著名的農業科學家，人稱花生博士（Dr. Peanut）。年幼時爲了念書，卡佛每天在深夜時不眠不休地走十英里，在學校附近的穀倉假寐，等學校開門後再進教室。他飽受白人歧視，錯失許多接受教育的機會。在那個時代的美國，沒有黑人能上大學。卡佛僞裝白人的姓名申請大學，雖然學歷符合要求，卻被學校認出是黑人而拒絕入學。他很痛苦，卻仍然不氣餒地力爭上游，下決心要讀書。努力自助之後終於有貴人相助，三十歲時有機會進入大學就讀。最後學有專精，受邀前往阿拉巴馬州塔斯提吉學院（Tuskegee Institute）主持新設立的農業系。他從地瓜與花生提煉出塑膠、染料、醫藥等三百餘種副產品，促進了美國南方的經濟革新。卡佛首創「車上學校」，教授下鄉，讓小農夫能學習使土壤肥沃的方法。愛迪生重金邀請卡佛到愛迪生實驗室的良好環境下做研究，但被他婉拒。卡佛決定留在小城市幫助自己弱勢的黑人同胞。爲了表彰他的貢獻，美國發行卡佛的紀念郵票、紀念硬幣，甚至以他的名字命名潛水艇。羅斯福總統（Franklin D. Roosevelt）在卡佛幼年時期居住的地方建立美國國家紀念館，這是首座爲非裔美國人成立的國家紀念館。卡佛年輕時受到不平等待遇，可以怨天尤人一輩子，但他選擇自助向上，終於對人類做出重要貢獻。

另一位自助的典範包狄池（圖十）因爲家庭因素，十歲就輟學當學徒。他雖然離開學校，仍努力以自助方式奮學，十四歲時自修幾何及微積分，後來爲了學習牛頓的著作，更自修拉丁文及法文。我小時候讀包狄池的傳記《奮學記》（*Carry On, Mr. Bowditch*），敘述他由不同語言版本的《聖經》自學多國語言。對於包狄池的奮學，我嚮往不已。他十八歲時校對摩爾（John Hamilton Moore）的航海書*The New Practical Navigator*的三角函數表，找出數千個錯誤，使航海技術大幅躍升，減少海難。包狄池和卡佛的例子不僅是自助而後人助，更是自助而後助人。

圖十：包狄池
（Nathaniel Bowditch, 1773-1838）

後記：本文的引言是「**遊兮王孫自可留．隙駟勤翼助持盈**」，我選擇鶴膝格嵌了「**自**」、「**助**」二字，因為這篇文章的主題是斯邁爾斯的《自助論》。

上聯語出王維（692-761）的《山居秋暝》。王孫是貴族後裔。

王維引用《楚辭．招隱士》：「**王孫遊兮不歸**」，暗指隱居的高士。

在此期望王孫們能自立自強，不要老想靠家族世襲的庇蔭。

下聯的作者佚名，意思是勸人要愛惜易逝的光陰，保泰持盈，慎以守之。

這幅對聯的第一字（鶴頂格）嵌了「**遊**」、「**隙**」二字。

遊隙是工業術語，意指軸承內圈、外圈、滾動體之間的間隙量。

軸承遊隙（Rolling Bearing）的大小直接關係到軸承在使用時所產生的噪音、震動、溫升、使用壽命，以及裝配後的機械運動效果。我觀察到社會上有些人不知自立自助，卻不斷怨天尤人，這是他們期待和社會間的遊隙量錯誤，不停產生噪音。

九　歌　文　庫　1332

行星組曲

國家圖書館出版品預行編目（CIP）資料

行星組曲／林一平著 . -- 初版 . -- 臺北市：九歌，2020.06
288 面；14.8×21 公分 .--（九歌文庫；1332）
ISBN 978-986-450-291-2（平裝）
863.55　109006130

作　　者——林一平
圖片提供——林一平
責任編輯——張晶惠
創 辦 人——蔡文甫
發 行 人——蔡澤玉
出　　版——九歌出版社有限公司
臺北市 105 八德路 3 段 12 巷 57 弄 40 號
電話／ 02-25776564・傳真／ 02-25789205
郵政劃撥／ 0112295-1

九歌文學網　www.chiuko.com.tw

排　　版——綠貝殼資訊有限公司
印　　刷——前進彩藝有限公司
法律顧問——龍躍天律師・蕭雄淋律師・董安丹律師
初　　版——2020 年 6 月
定　　價——360 元
書　　號——F1332
I S B N——978-986-450-291-2

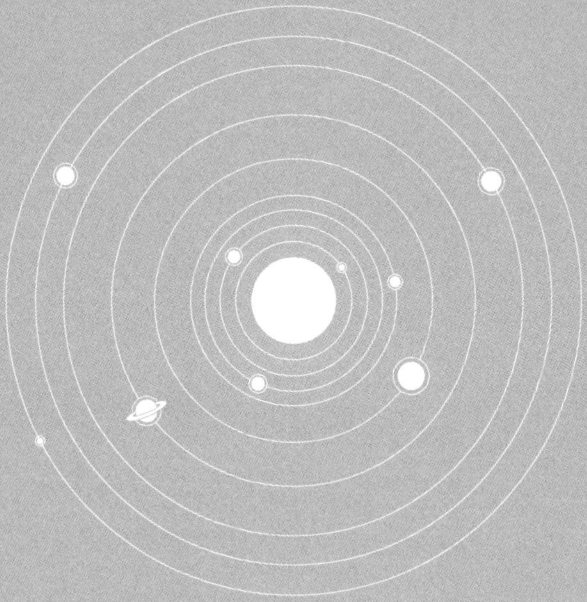

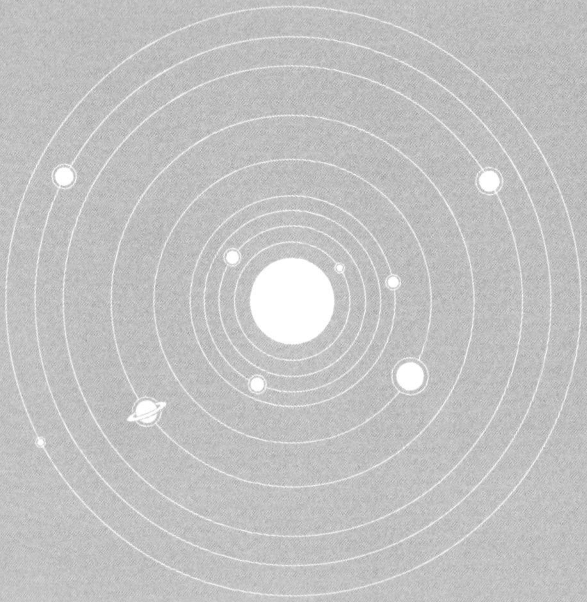